U0023541

1987-88 年我在靜浦醫務所當醫官，醫務所裡有一棵高大的麵包樹，背景裡還可以看到所裡收容的一隻小黃狗，都被我寫進《無醫村手記》書裡。

一九八八年左右的秀姑巒溪出海口，我離開之後的那幾年，幾乎每年颱風都從秀姑巒溪出海口登陸，幾年之間，當地的風景全都改變了。包括出海口的那座小島。

一九八八年夏的豐濱阿美族豐年祭，我第一次受邀參加，照片中皮膚最白最嫩，笑得最開心又有點尷尬的那個人就是我。只是當晚我沒有得到任何一顆檳榔（通常是由村裡的少女包贈給心儀的男子）之後不久，我便離開靜浦醫務所回花蓮等待退伍了。（註：當年的我可真是小鮮肉呀！）

一九八八年，我站在東海岸大港口以及豐濱附近的海岸，神奇的是，有一段沙灘，覆蓋的都是大大小小紫色的貝殼，我經常沿著這段紫色沙灘散步，也被我寫進書裡去。

一九八八年的東海岸豐濱附近的海灘，我也不知道為什麼，沙灘上會有牛（照片不記得是不是我拍的了，從舊相簿裡找出來的）。

1

2

二〇二一年初重回靜浦，早已找不到醫務所，問了當地人，才發現醫務所早已被拆除，成為一處垃圾回收場，停滿了車，堆滿了回收的雜物，唯一留下來的是一棵麵包樹。（照片1234）

3

4

原來在醫務所旁的花蓮客運站牌，如今已斑駁，其中一個招牌還貼著「不再行駛靜浦站」的告示。

無醫村手記

重回靜浦

陳克華 著

醫務所就座落在公車「靜浦站」站牌旁邊，除了一名醫官，還配備兩名醫務兵，一名伙房。圍牆大門內，格局呈倒冂字型，前院進來橫排有掛號室、診療室、藥房、簡單的開刀房，X光室、醫師休息室及可以開會的小客廳。

重回靜浦

——序「無醫村手記」新版

陳克華

我是在民國七十六年（一九八七）下半年（確實日期不記得）來到靜浦醫務所的。

自七十五年在花蓮市某營區報到入伍，一直有軍中文化適應的問題。一年後仍未見改善。記得當時每天早點名後，我必然要找個隱密的地方，把才吃下的早餐嘔出來。

一天部隊某長官打棒球被球擊中眼睛，來到父親的診所求診。父親趁機拜託他將我調個單位。於是隔天我便糊里糊塗地被一聲口頭通知，揹包一扛，來到了位於秀姑巒溪出海口附近的壽豐鄉靜浦村，並在此渡過了我預官役的第二年，直到退伍。

那時從花蓮市搭東海岸線的公車，大約要兩個半小時。車子過了大港口，跨過長虹橋，下一站就是靜浦了。那時候的靜浦和花東海岸公路沿路的其他各個小站，其實沒有太大區別。除了一般民居，就是小吃店，旅店，柑仔店，外加小學和教堂。但靜浦名字好聽，「安安靜靜的水畔」，翻開地圖，就落在秀姑巒溪切穿海岸山脈的地方，又幾乎就在北迴歸線切過的那一個點——之後我每天例行的晨跑，都要去刻有「北迴歸線」的碑石那裡繞一圈。

當初因為地處花蓮台東交界，據說「方圓三百里」內沒有醫療資源，於是軍方才有在靜浦設立醫務所的想法。

村民不多（確實數目不知），組成大約三分：台灣人（閩南及客家各半），外省退伍老兵，原住民。而且數目相當。

醫務所就座落在公車「靜浦站」站牌旁，除了一名醫官，還配置兩名醫務兵，一名伙房。圍牆大門內，格局呈倒冂字型，前院進來橫排有掛號室、診療室、藥房、簡單的開刀房，X光室、醫師休息室，和可以開會的小客廳。

走過中央穿堂，兩邊是阿兵哥的寢室，廚房、餐廳及一間有四張床的病房。冂字型所包圍的中庭種了一棵極高大的麪包樹結出的果子叫「巴基魯」，比拳頭大，落果砰然有聲，往往成為桌上佳餚；其後視野豁然開朗，是一大片一大片横亙的稻田平疇，再遠處是高聳青翠的山脈，翻過這座山，就是縣長的花東縱谷了。

而我從七十六年（一九八七）秋起，在這裡過著「那個靜浦陳醫官」的靜好歲月，幾乎「與世隔絕」。因為地處偏遠，附近除了駐守的海防部隊，上級長官極少出現，每天看著太陽從太平洋海面升起，又從海岸山脈山背落下，這一年成為慣於勞碌的我極為罕有的悠閒時光。每天除了上下午兩節門診，其餘有許多時間可以閱讀和寫作。其間試投了一篇散文至「小說創作」雜誌（現已停刊），當時的主編（已忘了她的名字）看了極有興趣，要求我定期供稿，成為專欄，名字就取「無醫村手記」。於是一年下來就有了這本書。

花蓮雖然是我的故鄉，但自小生活在花蓮市區，也算是鄉下的半個「城市小孩」，乍到靜浦，還是有許多不適應處。加上病患許多是原住民，因此我又緊急惡補了些簡單的阿美族語。除了東海岸的病人，平常接觸的只有靜浦村頭開雜貨店的江媽媽，近正午出現的郵差先生，偶爾來訪的一位靜浦國小實習教師，偶爾偷閒的守海防的軍官士兵，其餘大多自己一人。一年間我出版了我第二本詩集《我撿到一顆頭顱》（漢光），繼續寫了幾首流行歌曲的歌詞，一本本看完了遠景版《世界諾貝爾獎文學作品全集》。體重也由原先不到六十公斤增到了近七十。

而這一年離群索居的生活有如梭羅在華爾騰湖邊的隱居，是田園風又帶點自然主義的況味的。隔著中央山脈遙看自己已經習慣的台北都會生活，突然多了一份冷眼和反省。當然卅年後的今天再回頭看，那份省視之心也還是侷限而淺薄的。身在軍中，雖已醫學院畢業，但還有對未來的種種規劃和期待等心事，未來住院醫生的申請，專科醫師的考證。同梯軍官多的是私下默默準備出國進修的考試科目，生活表面的平靜，底層其實心情起伏，暗潮洶湧。

民國七十七年秋退伍離開了靜浦，進入台北榮總眼科當住院醫師，我赫然從此再沒回過靜浦。直到約廿年後的某個冬日，一位台東原住民友人開車由台東出發，堅持要陪我重遊這片我心目中的「淨土」。兩人來到靜浦才發現原來的「靜浦站」站牌已經移走，原先圍繞著站牌菌集的小店皆不復存在，整條馬路連帶公車路線一起改道。原來是連續幾年颱風皆從秀姑巒溪出海口登陸，公路路基被海浪衝毀掏空，出海處的小島也竟然移動了位置，十數年間地形地物的改變不可謂不大。

而醫務所竟然還在。但遠離了公車路綫，沒有了人潮，顯得破落蕭索。從外頭看大門深鎖，油漆斑駁，外牆上我用油漆手繪的「軍民一家親」圖案已經不見。我不甘心被拒在外，翻牆進入，裡頭建築仍在，但久無人使用，形同廢墟，中庭那棵麪包樹還在，但已被比人高的野草包圍。昔日的看診室，餐廳，藥房，如今都只是一個個破落的黑房間。

「是這裡已經醫療資源充足，所以撤走了醫務所？」我心想：還是軍方因為人員編制不足，年年員額減縮，再也派不出人力來經營醫務所？

心中頓時閃過千百個疑問和理由，但也無心無力去追索答案。

當我們驅車離開靜浦，遠遠看見了卅年前教堂的尖頂，半山腰上的國小，從車窗外一閃而過，經過長虹橋時，發現車子開上的已經是一座新橋，原來記憶中鮮紅亮麗的「老長虹橋」，在一旁被當作人行步橋，令我驚訝的是，如今它看起來如此的陳舊，灰撲撲，如此的窄小。

在東台灣冬天灰沉沉的低氣壓雲層覆蓋下，我們頂著強勁東北季風沿著新修築的海岸公路，一路開回了花蓮。我和這位原住民朋友從此沒有再見過面，我明白這是他的某種告別方式。他直送我到南京街家門口。我們揮手道別，他上車前又回望了我一陣子。

從此我再沒有回過靜浦。

二〇二〇，十二，二十

不懂——代序

大學時代曾被視為（或多或少也有些自視為）醫學院當中的秀異份子。然後進入醫院實習，服兵役，退伍後進教學醫院當住院醫師，考專科醫師。一切安然順遂，歲月靜好。然後，從醫學的象牙塔裡伸出頭來四處張望，才發現身邊的一切早已非舊時樣。自己是什麼都不懂。

不懂後現代。不懂馬克思。不懂禪。

不懂股票。不懂跨國企業。不懂文化大革命。不懂直銷。不懂總統制或內閣制。

不懂布萊希特。不懂後設小說。不懂班雅明。不懂盧卡奇。不懂阿庫色。不懂羅蘭．巴特。不懂物化。不懂異化。不懂意識型態。甚至也不懂東方不敗。孫中山。

不懂傅柯。不懂陳寅恪。不懂馮友蘭。不懂魯迅。不懂張恨水。不懂波赫士。不懂村上春樹。不懂暢銷書排行榜。不懂公車601和606路的不同。

不懂非主流電影。不懂超現實。不懂達達。不懂卡內基人際關係。不懂CD指南。不懂牛肉生菜沙拉。不懂保險套。不懂三通。不懂巡弋飛彈。不懂宮崎駿。不懂霸王別姬和牡丹亭。

不懂著作權法。不懂倉頡輸入法。不懂帕華洛蒂。不懂浪漫樂派。不懂肥皂劇。不懂法文。不懂得什麼叫做定期存款公教人員儲金。不懂第四台。不懂免稅避稅逃稅。

不懂如何避免禿頭或眼袋子（雖然是眼科大夫）。不懂品茗。不懂立委選舉。不懂婚姻。不懂女性主義。不懂天秤座。不懂A血型。不懂紫微斗數。不懂靜坐觀想。不懂自己。

生活的資訊如排山倒海般湧來，任何一個話題都有人說了話。然而意識型態依舊。價值混亂依舊。觀念仍有待釐清。劣幣依舊驅逐良幣。

而我在這精神與文字的風暴當中行行止止，如低能兒般手足失措，毫無思辨能力地抗拒或接受這一切。囫圇吞下一些不知是營養抑或毒素的資訊，檢驗一些不知經不經得起檢驗的觀念，親近一些不知經翻譯之後有多少失真的理論。之後整個人變得理性過度肥腫，感性營養失調，知性則混入太多妄想的雜質。

文字正是這一切真實與生活尷尬分裂的呈現。為減少或摒絕「作家」為我帶來種種現實的無力，某個時期的我極力迴避文字。閃躲，視而不見，指鹿為馬，或極力壓縮，沖淡，輕描淡寫。企圖在文字思維之外生出一個較令人滿意的「我」來——這個「我」，在我有限的想像當中最起碼應該是個實踐家！

解釋了這麼多，無非想替讀者指出這本散文集子和我以往的作品相較，為何顯得如此單薄、不連貫、言語閃爍。敏感的人當可以感受到我內心的不確定。而相對於沈從文所說「人生這本大書」，這本「小書」於我無疑是一則幽微、隱晦、既愛且恨，辭不達意的註腳了！

目錄

第一卷

無醫村手記

靜浦是位於花蓮與台東兩縣交界處的一個小村落。

我兩年的軍中生涯，便有一半是在這秀姑巒溪出海口的靜浦醫務所裡渡過的。

對於我生命中能有這樣一段日子，我無寧是感激的。

石頭記

想出去走走。只是走走。

我一直催促自己說：出去走走，出去走走。理由太多：天氣這麼好，肉體這麼長久萎頓，而心靈這麼長久封閉……。

那兒有一片美好的沙灘，應該很少人能忍受住處的不遠就是一片原始豐饒的沙灘，而不想出去走走的罷！

而那兒只有石頭，其實……我出門時又這麼想。

我走到那裡自問：不錯，只有石頭，有什麼好？

除了石頭，還有那些一堆一堆從秀姑巒溪的中上游，隨溪水沖刷至出海口的大批垃圾。

我低頭一步步越過散碎的垃圾，向著遠處走去。遠處的浪花更大，水氣氤氳了黝黑的岩礁景致——我低頭似在尋覓著什麼，但絕不是愛因斯坦所說的那種「真理的拾貝者」，可以為撿到一小片宇宙間的真理而欣喜不已——我只是在撿石頭。

雨後的石灘，每一塊鵝卵石的花紋都被陰暗的天光和潮潤的雨水打上了亮光臘，美的出奇，令人愛不釋手。

我撿起一個，再撿起一個，右手一個，左手一個，這樣的唾手可得，激起我對美的獲取的無饜貪慾——直到我發覺石頭的重量已使我不勝負荷。乏力地捧著各式各樣，大大小小美石的手已然痠麻不堪。

我只好開始丟棄，有第一個就有另一個。我不斷撿拾又丟棄，丟棄又撿拾，目不暇給地審美和判斷（留下或是拋棄），很快便使我的心靈疲憊不堪——這時，肉體與心靈的雙重倦怠，使我得出一個真確不移的結論：這沙灘的「美」是平均地分配分佈在每一吋土地上的。

再往前走一步與走一千步，很可能只是手中的石頭由一批換了另一批，誰也無法從中攫取「所有的美」、「最美」。

我剎時停住了腳步，僵住了彎腰拾石的手指頭。

我想：那我也不必再往前走了——。

因為不會再遇見「更美」的石頭了，只會有「另一種美」的石頭。

我開始往回走——這時我才發現我已經走了很遠很遠，幾乎快抵達沙灘的盡頭。是的，即使我走遍了沙灘才得到這個結論，應也不算遲……。

我折回到醫務所時已是兩手空空，很累。脫了鞋，沖了澡，把被海水漫濕了的衣服抖了抖，在泡入水盆之際，一小粒石頭從其一隻口袋裡滾落出來。

是顆姆指般大、藍綠色夾雜些鐵銹斑的石子。我拾起來仔細端詳，竟完完全全記不起來是在什麼心理狀況和審美衝動下，伸手將它揣入口袋裡的。它在我自以為丟盡一切之後，居然不動聲色地跟著我回來……不過此刻，它的存在像一個難堪的嘲諷——。

也許，這世界「美的獲得」永遠必須是這樣偶然、無心的罷！我端詳這顆石子——這原是一顆花蓮海邊常見的鵝卵石——漸漸覺得它美，它輕微，它樸拙，它頑冥，它帶著瑕疵，它充滿個性，它，美。

「從一顆細沙觀望世界，從一朵野花想見天堂。」

是的，就在我手中這顆石子裡，蘊藏著秀姑巒溪出海口的東海岸一切特質與風姿。我緊緊握住它，像握住這方圓六十公里的美，像握住這地球，這銀河……是的，這一分我該領取的美。

我走了一趟沙灘，盡到了我的本份。

一蟲知秋

我是這樣知道秋天的。第一天。

一隻蜻蜓飛入斗室，停在窗櫺上。試了幾次，揮之不去。

我十分輕易就用中指和食指捉起牠的背脊，拿到檯燈底下觀察。是十分常見的「紅尾巴」。身形完好，看不出有任何受傷。

但牠完全沒有抵抗。再放回去，牠依舊木木停在窗櫺上。

彷彿牠體內所有生命的能，或是產生能量所必需的酶，經過了一整個酷熱而狂野的夏，已經消耗殆盡，所以連最基本的振翅掙扎都沒有，像拔掉了插頭的電動玩具一般。

第二天早晨蜻蜓死了。從地上拈起牠丟進字紙簍裡時，感覺屍體份外的輕，像乾燥過的——生命本身就是有重量的，我想。

我推開紗門走出去，發現早晨耀眼的金黃陽光下，滿野盡是相互穿梭追逐的紅色蜻蜓，成群在草場的幾處水窪上產卵，就像從天上降下來一張無盡的巨大紅網。

第二天晚上就有更多的蟲豸循著我的燈光前來。鑽過紗門的縫隙，在我房間那片才剛粉刷過的白牆上落腳。黃昏天色剛暗下不久，蛙聲還疏疏落落，白牆上便棲滿了各式各樣的蛾類、粉蟲、甲龜、長腳蚊和許多叫不出名堂的小蟲，也全都一動不動，構成一塊拼貼著各種昆蟲圖案的桌布。

死亡本身是那麼安靜，原來。

身為醫生，不得不見過許多人類臨終的場面。那雙顫抖抓攫的手是已枯槁見骨的，流滿生之慾念的瞳眼是激蹦著黑色淚水的，不平而忿然怒張的喉嚨發出乾涸的暗響，塌癟的胸肋吃力地張合著：「我不想死。我不想死。」我總是恍然聽見。

是的，我們都不想死。

蟲子們卻在臨終的時候，在熱烈交配和產卵之後，死亡得如此靜謐。

一連好幾個晚上，他們一動也不動。

有些蟲子從牆上摔下來，陸續又有其他蟲子補上了空位。

我想，要等到在秋天過完的時候，這片牆才能恢復原來的乾淨。

棉被

我是一條棉被。我的意思是說，我並不是任何化學纖維，任何「××龍」，任何石油化學直接或間接的產品，像「太空被」之類那樣輕薄滑溜的存在。我週身上下、內在外表的任何一條線，都是純棉質的，具有柔軟、吸水、保暖的特性。甚至我的顏色都是棉的本色──白，純白，植物性的白。我正是這樣名副其實的一條「棉」被，你可以明白，許多時候當你們不顧一切撲向我，企圖緊緊擁抱我或被我深深掩埋的時候，那是因為，我實實在在是一條棉被的關係：軟軟的，厚重的，觸感舒適的，正是我的本性深深吸引著你們，激發了你們的鬆弛、愉悅、和睡意。

我愛你們。

每夜我像土地一樣掩蓋你們，像包覆一顆顆正在急速發芽的種子。你們蜷曲的軀體陷入季節性、休眠的小蟲般，在我的覆蓋下起了微妙但重大的變化，我眼見你們的筋骨在熟睡中一夜夜拉長，肌肉一夜夜變厚，力氣一夜夜飽足，使你們於白日所接受的種種折磨和鍛鍊，在我所管轄的夜裡，轉化成你們體內於你們有益的種種回應。我是一層神奇的繭，幫助你們蛻化成為壯實的成蟲，向明日的陽光振翅。

可是每到晨曦初現，起床號聲中床鋪起了天崩地塌的震動，我便喪失了原來靜謐美好的一切屬於母性的本質。我很快被內務板夾豎立起來，全身每一條棉線都拉直、曲折、繃緊，突然就有了八個角和三十二條稜線，你們稱我為「豆腐」。第一天我萬分驚訝，我來自的大自然是從來就排斥幾何圖形的。而我卻在短短不到十分鐘的過程當中，和寢室其他三十床棉被被疊成完全相同的「豆腐」，分不出彼此來。你們想盡了方法要在我棉質的身體上塑造出鋼鐵的氣質，或用手指擠捏，甚或以唾液、漿糊、紙板等方法來輔助，製造出原不屬於我的那些「角」、那些「稜」、那些「線」。因此，我身上沾滿了你們手掌心的汗漬，和種種令我不快的流質。

所以，白天我僵硬而寂寞，我和其他三十床同伴，和鋼盔、枕頭、蚊帳等並列，在標齊中各自守著各自被規定的位置。但是從窗外不時傳來你們沙啞而有力的整齊吶喊，我知道，你們在白天也和我同樣的僵硬與寂寞。你們一定在某些時刻，會有渴望擁抱我的衝動——然而，在白晝是沒有人有親近我的權利的。

除非，我是一種特別奇怪，與眾不同的豆腐。那麼，我便會被人用一隻食指和一隻中指夾起來，手臂一震一揚，陡地散成夜晚散亂的形象。那是我最感到羞窘的時候，而且替你難過。因為你——我的主人——必須在正午的炙陽下，抱著姿容凌亂的我，在沙石滾燙的操場上，重新把我塑成豆腐的模樣。當我無情地被攤開在這樣一個白花花的陽光世界裡，經常會有鹹鹹的汗珠從你額頭、眉毛、鼻尖上滴落到我潔白的腹肚上，陽光很快蒸乾了他們，但我的皮膚上因此而留有你的鹽，你的氣味，鑲嵌在我週身密佈的經緯的網眼裡。就在你汗水落下如雨的一剎，我彷彿被什麼打動了，我看著你，想起了我還是棉樹上一團棉花的時候，我也是如此採摘下來的，相同的景象。如今你是我的主人，我不明所以地感動了：是你給了我生命，陽光下流汗勞動的人啊！

只有到了夜晚，擴音機播完了「今宵多珍重」，我身體裡睡進了一具軀體，我才又拾回睡夢與肉體所賦予我的個性與表情，週身佈滿了被肢體輾壓、搓揉、纏繞的各種痕跡。

然而有一晚你把頭埋進我身體裡，暗自嚶嚶地哭了。我綿密的纖維吸收了你的哭聲，和淚水，使你在另一個白日裡，能和其他的同伴一樣英挺、平穩、若無其事。

然而夜晚畢竟是鬼魅的世界。當你們睡熟了，我看見一個哭泣的男孩走來，回到他的床鋪，我懷疑他為何換了一襲黑衫，而且下半身已經消失，他還顧生前這屬於他的一切，在內務櫃的鏡子前面鑑照自己，他的臉沒有五官。

你在睡中於是被「壓」了。你在夢中被隱隱一股能量驚醒，但是又無法醒來，你無法睜開雙眼，四肢也無法動彈，你的思考驟然活躍起來，想知道究竟是怎麼回事，但結論永遠只有兩個字：恐懼。你在一種混合著絕望與憤怒的心情下度過了這一刻。第二天同伴們告訴你：你這是被「壓」。那死去的幽魂心中仍然有「怨」。「你難道不知道嗎？鬼來『壓』你了。」

於是你惘惘地彷彿又多知道了一些事情。由這事你又聯想起其他的事來。凡是屈死、冤死或暴死的幽魂，大抵都會這樣。天下人靈魂的性質是一樣的。你想：那是個怎樣活過、又如何死去的男孩幽魂呢？他是否有話和自己說？這張床和棉被是他生前使用的？否則他為何選擇了你？

這些永遠不會有答案的問題，逐日在你心中淡去。很快你便知道，日子是要在「豆腐」與「非豆腐」之間交替度過。熟練使你好過，畢竟就某種程度而言，我們都是習慣支配的產物。

當刺耳的起床號無情地急急催促你離開我的時候，你便不再察覺那必定油然而生的痛苦。

你把我疊成日益像塊豆腐了。

你是如此愛我，以致於經常不覺得我的存在。

入夜後你年輕的體溫漸漸整個浸染了我，在相同的溫度裡，我隨著你均勻的呼吸上下起伏。只有我知道你都做了哪些夢，你潛伏的渴望與恐懼，還有那寶貴的男兒的眼淚。你不會察覺你身上覆蓋的這條棉被也有著一顆和你同樣年輕又滄桑的心。你終於睡去了，整個寢室迴盪著各式囈語、鼾聲和夢境。

「睡吧！睡眠將使你休息，平靜和長大。」我想說，但，我經常忘了我並不能說話，我只是一條棉被，我只能按照一條棉被的方式去生活，去愛，去感受。

直到有一天，你退伍離開了我。

松鼠寶寶

早上，醫務所鄰近的班哨兵送來了兩隻甫出生不久的松鼠，用一只大紙箱子裝著。

「昨天夜裡那隻母松鼠生產了，大概因為被人拴住，不肯餵小松鼠，已經有另外幾隻凍死了哩……。」那位天才班哨長，竟把用捕鼠籠捉來的松鼠，用狗鍊子拴著養。

我接過來看，兩隻紅通通、身子半透明的小傢伙，正嚶嚶地細聲叫著，爪子胡亂抓扒，兩隻大眼尚未睜開哩！

正是那最要不得的婦人之仁，剎那間的一念之慈，使我答應接下了這分苦差事——當這兩隻不到一天大的松鼠的「奶媽」；因為班哨的海防任務重，經常怕有長官「盯」，不宜飼養松鼠這種「編制外」的小動物。

首先遭遇的問題便是如何保暖。

先在餅乾盒子裡墊以草紙，再鋪以一件舊汗衫，並找來一隻一百燭光的燈泡烘著，又怕溫度太高，有把兩隻小傢伙「烤乾」之虞，燈鼠間的距離與角度煞費思量，真像在調整醫院裡早產兒的保溫箱。

接下來便是決定該餵什麼。

手邊沒有任何資料可以查到松鼠的嬰兒食譜，只有牛奶。從外科室找來了一只兩CC針筒，把金屬針頭剪掉，磨平，充當奶嘴。每當小傢伙嚶嚶叫起的時候，便抓起來準了牠的小嘴滋一聲「灌」點奶水進去。

令人欣慰的是，經過這一番努力，兩隻松鼠似乎恢復了不少元氣，活蹦亂跳，四處探頭探腦。隨著這點期待的高漲，責任心也隨之加重，每每反應過度，一聽見餅乾盒子裡有任何動靜，便不問分由抓起來「灌食」——一天下來，兩隻小松鼠皆凸個圓圓的小肚子。

到了晚上，隱隱覺得一股無由的焦躁不安，因為根據經驗，能不能活下去，就看能不能度過這關鍵性的一夜了。

上床前把一切安置妥當，小心翼翼地熄燈睡了。夜裡奇寒，窗外又是嘩嘩擾人的雨聲，室內反潮，連被褥也似乎吸了水氣多重了幾斤，泛起一股淡淡的霉味。

我輾轉至半夜，意識始終沉浮於夢與現實邊緣，當我被小松鼠尖銳的鳴叫聲吵醒，已是凌晨五時。我一骨碌的跳起來，衝到燈泡下，抓起小松鼠，暗叫一聲：完了——牠們的身體四肢雖還能掙動，卻已有些冰涼。我捧在燈泡下，硬是灌了一點奶水，雙手輕輕握著，試圖以掌心的熱度使牠們溫暖一些——小松鼠也似乎馬上有了回應，雙爪又生氣地胡亂抓攫了。我雙手不敢鬆開，深怕一放手，死神便要伸手接過這兩條小生命，只是此時兩只眼皮卻止不住沉重起來，層層睡意漸漸上湧，終於我又趴在桌上沉沉睡著了——該死的睡眠呵！

當我再度醒來，天已大亮，腕錶指著七點十分。兩個初來到人世的小生命，終於終止了牠們短短的生之掙扎，僵死在我冰冷的手掌心。

我撥了電話給班哨，請他們來「收屍」，心中忐忑，很怕看到阿兵哥們失望的眼睛——我終究辜負了他們的託付和信任。不錯，整個部隊，除了醫務所的醫官，還有誰能有「資格」養活他們心愛的松鼠寶寶呢？

我不忍見他們的赤子之心受到傷害。

當初我沒有告訴他們，從小我就沒有養活過任何小動物。無論是從樹下撿來的、跌出巢外的小麻雀，或是路上拾回來的癩狗病貓。我的挫敗經驗總結起來，簡直可以寫上一本「失敗的動物育嬰手冊」，專講我如何把各種小動物活活養死。

或許由於這層心理，我始終視小兒科為畏途——在我既成的觀念裡，任何嬰兒都是極度脆弱、死神隨時會要回去的一種生命型態。別人的小孩借來抱抱還能享受一點逗弄無知的樂趣，而若說要我對生病的孩子下藥，就有如在自己的傷口上灑鹽一般艱難。

我對嬰兒只有敬畏，敬而遠之。

當然我也知道自己的毛病。哪天如果班哨的阿兵哥又抓些什麼雜七咕咚的小動物寶寶來要我代為飼養，我馬上又會「責無旁貸」地一口答應下來。阿兵哥們說得沒錯：整個部隊，除了醫務所的醫官，還有誰有資格「養活」這些動物寶寶呢？

拯救海龜

早晨有人為醫務所送來了一隻海龜。不問分由，他們一人抓起龜兒的一隻腳，便「噗通」地一聲，把龜丟進醫務所中央那座水池裡去。不得了，那隻有桌面大小的龐然巨物，立刻在小小的水池猛烈游動起來，攪起了陣陣沙塵，把原來裡頭養的草魚、鯽魚、鯉魚們逼得四處逃竄。

原來是附近漁港的船出海網回來的，原來當場就想宰了吃，據說肉味極鮮美，但村民有迷信，花了兩打米酒「贖」了來，想在龜背上刻字再放回海中，也算為地方做一樁功德。

「但是，為什麼又要養在醫務所的小池子裡呢？」我不禁疑惑。海水裡的生命養在淡水裡，怕活不太長久罷⋯⋯。

「沒關係，先放在這兒給附近小孩兒看看玩嘛，可以活的⋯⋯。」鄰人說。

是的。但海龜吃什麼。

「不必餵，很好養，牠都吃石頭上的青苔，不然嘛口空氣牠也能活……。」鄰人說。像民間傳說裡的烏龜教招弟嘛空氣，養活了招弟。

是的。我不相信。當晚打長途電話到台北給哥哥，請哥哥幫我到圖書館查一下。他在電話那頭百思不解：「你瘋啦，你想知道海龜吃什麼想要幹什麼？」

是的。我也不知道自己在憂慮什麼……。

一切都如我所料，從此醫務所裡童聲喧嘩，附近小孩每到放學時刻，便一群群簇擁著來池邊逗弄這隻海龜，拿東西丟牠，搞得一地髒，調皮些的甚至還攀住水池邊沿，拿腳去踩一下浮起的龜背，一面樂不可支。我在一旁憂慮：萬一有人掉下水去怎麼辦？

海龜初時顯得躁動不安，每日不停地沿著池緣划水尋找「出口」，數日下來已是筋疲力竭，便放棄了逃走的念頭，閉氣浮在水面，一動也不動，叫人懷疑是死了。我試著丟些小蟲米飯在池子裡，也不見龜兒開過金口嚼一下。倒是醫務所裡的阿兵哥是歡喜的，雖然嘴上不說，趁著星期天個個下水把水池裡經年未換的水一桶桶提上來，污泥清乾淨，全部換上清水。

然而一切一如我所料，龜兒的眼睛開始潰爛。應該是因為淡水與鹼水的電解質濃度相差太多，海龜的眼角膜會抵擋不住淡水的水滲透壓而受損，終於濁腫腐爛。我著急起來。

怎麼還不放生呢？再不放以後即使龜兒回到海裡也不能生存了——我質問鄰人：「不是說原本要放生的嗎？現在龜兒都快死了……。」

從鄰人舛異的神色與躲閃的神情，我早該已經想到。也曾想過，叫阿兵哥們半夜把龜兒帶去海邊放生，大不了再賠上兩打米酒。但身為醫務所的醫官，身負國軍「促進軍民感情交流」重任，我怎能為一隻海龜開罪任何一個村民，或者僅僅是個刁民？

於是日子在模糊的焦慮和愚昧的拖延中過去，我真的只有束手，暗自抱著一絲奇蹟的想望……。

果然一日門診結束後的黃昏，醫務所來了兩名彪形大漢型的山地青年，一來二話不說，躍身下池兩人合力把龜兒提了起來（可憐瞎了眼的龜兒連一絲掙扎的力氣都沒有了），任憑被掀倒在草地上。其中一人嘴裡咕噥著：「看起來這麼大卻這麼輕，恐怕還不到四斤哩……」，另一個檢視龜兒的身體，發現龜兒的四隻爪蹼因為日夜沿著池緣游走，被池裡砌起的石頭刮得處處血痕。我在一旁看得於心不忍，一時又悔又恨。

兩人說著看也不看我一眼，也不徵得我同意，便一把提起往外走，我馬上跟出去，見他們提著動彈不得的龜兒快步往鄰人家走去——一家招牌很大的海鮮飲食店——我心中這下便明白了。我跟過去，見那兩名山地青年把龜兒往秤上一放，便又提往後面廚房裡去了。

我找到主人，質問他：「不殺行不行？」他顧左右。

我不願再與他白費唇舌，趕去廚房，可是還沒推開門已經看見門縫底下沖出來的一灘暗色的血……。

第二天，小孩來發現海龜不見了，問我：「海龜怎麼不見了？」我心中一慘，無言以對。

我能夠告訴他們可愛的海龜昨晚被他們村子裡的叔叔伯伯們吃掉了？我能告訴他們中國人原是個無所不吃的民族？

我告訴自己，我來到醫務所只是一名少尉醫官，以為靜浦附近村民免費醫療為任務，我的職責是把病看好，多爭取幾個村民的好感，也等於為上級爭取更多「愛民」的績效，其餘的事，最好少管。否則有民眾向上一反映，我不但有可能馬上捲舖蓋走路，連醫務所也有被裁撤掉的可能。

我恨自己的明哲保身。

一直到我退伍離開靜浦醫務所，我沒有再和那位鄰人說過一句話，打過一聲招呼。

花花草草

醫務所的後園裡，長出了多種各式各樣奇異的、罕見的、芬美的花花草草。我胡亂猜想，其中必有十分尊貴稀有的品種罷！雖然，我不會分辨。

是在一次大掃除，向附近國小借來重型割草機，將那一片蔓蕪的韓國草草坪「剃」過一遍之後，才發生的。

重型割草機的齒刃所到之處，柔嫩的韓國草便預料不到地紛紛死了。原本綠溶溶的鮮美色澤先是出現了枯黃斑塊，像病人皮膚上的病灶，逐漸擴大融合之後，便一大片一大片重傷死去。

「多可惜呵……」附近村婦每次來到醫務所，總要惋惜：「這些韓國草當初還是上一任組長從花蓮一袋袋運回來種的哩！」

不料，趁著一場春雨，就在死草的底層紛紛發出多種各式各樣奇異的、罕見的、芬美的花花草草來。我知道大部分其實只是野地裡常見到的野草，但，我胡亂猜想，那其中必有十分尊貴稀有的品種罷！

雖然，我不會分辨。

＊＊＊

這片死草覆蓋下的母地，成了各種野草種籽的生存競技場之後，各種叫不出名字的草芽，競相在初春寒凍的泥土裡萌發，彼此如此挨近，各自爭奪有限的陽光、水分和空間。

一種豎著長梗，會開黃色小花的野草暫時取得了優勢，在醫務所右首邊的那片草地漫成一個國度。在偶然一個和暖的陽光午后，我走出去，便彷彿走入齊瓦哥醫生和娜拉重逢共居的那座草原小屋，周圍是一望無垠的嫩黃馬鈴薯花，在西伯利亞極短暫的春風吹拂下，搖曳生姿，那首悠揚的電影主題曲在唱著：「在某個地方，我的愛人，那兒有一首歌……」

＊＊＊

有人提議在那片草地上開墾一小方菜圃——反正地空著也是白白空著，倒不如趁有餘力從事生產，也好有四季應時的新鮮蔬果可吃。

第一步是翻圍牆出去，在鄰家的良田上偷挖幾大口袋的沃土。

接著灑下蒜頭、小白菜、辣椒和「打某菜」的菜種。

最初幾天灌溉除草，十分殷勤。

結果當這些寶貝種籽剛剛從土裡冒出一點苗頭來時，這塊「沃土」卻不知何時已經長滿茁壯繁茂的苜蓿、蛇莓、山道年、鈴蘭和雀頭香，外加上不知那裡冒出來的兩棵高大的玉米和向日葵。

能收穫這些嗎？

＊＊＊

麵包樹落下的種子，竟在寒冬中發芽了。庭中一棵蔽天的麵包樹，露出地面的糾結盤根裡探出幾顆綠色小頭，像雙臂圍抱胸前的孩子們，睜著好奇、烏溜、骨碌碌兒轉的眼珠子，張望著這天寒地凍的季節裡即將來臨的陽光和風暴。

＊＊＊

將一株已帶花苞的向日葵移來花圃。或許氣候不對，枝葉立刻枯萎了，雖然猛澆了一些水，眼看就要活不過，誰知它還是奮力把原來的花蕾綻開了，金黃的花瓣向著微弱的冬陽艷艷地一展媚笑，還真是風情萬種，在這一季眾香國裡總算是拔得頭籌——第二天便枯死了。就在那個盛開的下午，我看著看著，便想起「枯葉牡丹」的傳說來——那種強顏振作的美麗裡頭，有一種魅異的慘厲和淒涼。

＊＊＊

仙人掌吸飽了水分，全貯存在那肥壯根莖的纖維裡，葉子退化成針，吝於蒸發任何一丁點的水氣。在我無饜不知節制地澆灌和汲取之後，終於腐爛了。

＊＊＊

每回在草地上巡走一圈，總是能夠發現新品種的、叫不出名字的草芽來。

根據經驗，那些目前看來嫩綠鮮美的芽苗，很有可能在長成之後會變成造型凶惡、除之不盡，無法收拾的野草，就像許多窮凶極惡的囚犯，也都有過甜美可人的童年彩照一般。

「這會開一種白花，毛絨絨地……。」有人說。

「這會結酸酸的小莓果，好吃哩……。」有人說。

「這會長成一種樹，大樹……。」有人說。

我都把它們移植到花圃來，照顧它們——很願意相信對它們未來的美好推測。

＊＊＊

記得有次在大學社團裡，發現桌上有個女生擺了一小盆金盞菊，上頭附一小箋：「請幫忙養活它，它需要陽光、雨水、新鮮空氣、和愛。」

如今，我在花圃往返逡巡，似乎什麼都有了，胸中我的急切在喊：「有愛，有愛……」

一個無風無晴的午后，枝葉亭亭靜立，萬物似乎都停下了動作，甚至紋風不動，將一整野的荒蕪零落呈現給我，與我不能撫平的心跳對峙。

抽芽、長高、含苞、綻放，春華秋實。造物者定下的規則不容違拗，即使是愛，也不能揠苗助長，甘心讓我束手發急。

我終於將園裡所有的苗移在花圃裡了。

有的發為旅人蕉，有的藤葉向上攀緣成一株絲瓜。

後來有的證實為桑椹、楊桃、九重葛。

至於那妾身未明的大多數，我不會分辨。我已不大相信那其中會有什麼尊貴罕見的品種了，但，我滿懷希望。

紫色海灘

在往長濱鄉的海岸公路上，我坐在懸掛著「漁村巡迴醫療義診」紅布條的旅行車裡，內心隱隱渴望著一種不同於秀姑巒溪沿岸風情的景致。我不時轉頭出去眺望，路一逕背山面海而築，景色不殊。

一早上看完了五十位村民。

中午吃過飯，同行的夥伴搶著數目有限的床位，紛紛倒頭睡下；我雖然在累了一上午之後也頗有睡意，但仍沿著海防班哨和學校圍牆之間的那條小路，下到響著風聲與海濤聲的地方去。

天氣並無所謂好壞，一直是本地慣有的灰色的天，灰色的海。

路旁一座小小的四方形水泥建築，堆放著廢置的汽油桶和電纜。我走進去，看見有人用噴漆在牆上「噴」了一首詩——我讀過的古詩詞實在有限，無法分辨這首七絕究竟是其來有自，抑或是創作的打油詩——第一句是「獨上高峰望八州」頗為大氣，第二句已經泯渙不清，底下是「茫茫世間人無數，幾個男兒是丈夫。」不錯，幾個男兒是丈夫，我想。

字噴得歪歪斜斜，頗不易辨識。大約是這附近守海防的阿兵哥的傑作吧！

我繼續往下走。一面極目四望，狗尾草叢外是沙灘，沙灘外有堤……。

這原是個「U」字型的海灣，一座伸出去的防波堤將U中分成兩半。正午時分，大約少有人會揀這個時辰來逛海灘吧！在這延伸極遠的、極平凡的灰白色沙石灘，除了堤岸上蹲著一位釣魚老者外，再沒有別人。他與我對望了一眼，又毫無表情地轉頭凝視他的釣桿。

我漫無目的地走，想放鬆一下自己；想走遠，遠到可以發現一塊屬於自己的處女地。那時我第一個踩下的腳印，將被保留下來，澆上水泥，豎起一塊紀念碑，我胡亂地想。

沙灘上散置著一些老舊的竹筏，從其老朽不堪的模樣來看，此處的漁產並不豐饒。

我想走遠。

走遠了，才察覺到這片平凡沙灘的不平凡處：我雙腳下踩的統統是貝殼。大的、小的、完整的、破碎的，混合著被太陽蒸乾的紫菜、海草、陽隧足和海膽的骨骼屍骸。

我開始撿拾。

真有全部由貝殼組合構成的沙灘嗎？墾丁海岸有所謂的「貝殼沙」，但那得在放大鏡底下才分辨得出來，不像這裡，舉目望去皆是貝殼：寶貝、梭貝、螺貝，以及太多叫不出名字的種類。

有些堆成一個個突起的小渦漩，令我想起考古學家所發現古文明遺址裡的「貝塚」。之所以能夠斷定那曾是古文明的聚落——想來竟有些滑稽——竟是發現從前人類的「廚餘」——也就是古代人吃剩下丟棄的貝殼堆。這裡會不會也就是一處處的貝塚呢？我正站在古代廣大的食物殘渣堆積場上？

然後，我才發現這海灘真正之奇：在我手上、口袋裡、舉目所見的貝殼，都呈或濃或淡、或深或淺的紫色。

可能嗎？為什麼？紫色的背景可能淘汰掉了這沙灘上一切非紫色的生物─可能非紫色生物因為本身太突兀，容易成為捕食的對象，或者太難以獵食。因此紫色漸漸由弱轉強，進而嚴格篩選出這海岸的特殊生態：「物競天擇，近紫者生存。」

經過千萬年來大自然的不斷淘汰進化，終於成就了這少見的「紫色海灘」。這便是上天許諾我的處女地了？我不禁自問。

竹筏不遠，海水裡依稀漂浮著些許垃圾，甚至我腳邊就躺著一隻雨鞋和半截酒瓶──這裡早就有人來過了；只是沒有人發覺它的奇特，或者發覺了也只覺得稀鬆平常。只有我像愛因斯坦所形容的「拾貝者的畫像」裡的拾貝者，為拾得宇宙間一小片真理而沾沾自喜──然而在所謂「真理的汪洋」之前，人也益發顯得微渺……。

為什麼在我前來眺望之際，沒有發現這原是一片紫色海灘呢？滿眼只看見灰灰的天，灰灰的海——還有灰灰的沙石灘。許多事，自己不曾親自走一趟，就會遺落許多真相。

原來，我一直是活在思想、甚至感官的慣性裡頭沒有自覺——原先有所謂「眼見為憑」，眼見，果真可以為憑？走過紫色沙灘，我已不再是那麼信任自己的感官了。

當我走回醫療站，同伴們早已起身準備著下午另一場巡迴義診，有人問我：「你去哪裡了？」我把口袋裡鼓鼓的貝殼「嘩」地倒出來給他看。

「那麼多貝殼？」他叫道。

我只是撿貝殼去了，我說。這些我拾回的寶貝，此時已沒有當初拾起時候那麼玲瓏耀目，紫色顯得黯淡，甚至灰撲撲地，上頭佈滿瑕疵——就像我此時回望方才走過的那片海天，灰灰的雲層，灰灰的大地，哪裡有什麼紫色海灘呢？方才的一切是否都只是幻象？

我已經是不再那麼信任我的感官。
我依然沒有找到屬於我的處女地。

昆蟲記

蟬與螳螂

那一日在門前拾獲一隻蟬。牠棲停著時不叫，握在手中反而叫得起勁，掌肉可以清楚感應到牠那股源自腹部的高頻震動。

我裝牠在一只廣口玻璃瓶裡，心想：就這樣讓牠在室內鳴唱，或能為斗室增添一些夏日濃蔭聽蟬的野趣罷。

才走出門，又捕到一隻螳螂。牠狠命地張牙舞爪。

突然心生一計：何不來個實驗，驗證一下「螳螂捕蟬、黃雀在後」這句成語呢？

滿懷興奮地我把螳螂也丟進瓶裡。螳蟬共處一室的後來是：蟬兀自鳴叫，螳螂則專注於對瓶口覆蓋的紗網大加撻伐。

我想：所有生命科學的難題與困境皆與此類似吧——不可控制的變數變項太多，人為操縱的結果往往狼狽而歸。

繼而想：我的愚蠢……。

數日後蟬兒不再鳴叫，耗弱瀕死，螳螂則早已遁逸不知去向。

蟻

入秋後螞蟻變得十分貪婪、貪吃。

經常是人的嘴裡還正在吃著，不知何時桌面上的落屑也已圈上一圈密密黑點，還呼朋引伴，共赴盛宴。

有時甚至只是水，僅僅只是清水，也引起爭食。

大概是秋後，生物體內本能地時時感受到水份逸失與水源枯竭的脅迫罷——。

今天桌上又有一隊兵馬迤邐經過，大剌剌地直接橫越過我翻開的書本。一隻緊跟著另一隻的屁股後頭。

我輕輕拈起其中一隻。拈死牠。

馬上另一隻螞蟻過來抬走牠，像抬著一塊餅屑，喜孜孜地走遠了。我突然若有所思。

螞蟻並不是唯一會吞食同類的動物。牠們只是沒有足夠的大腦來分辨？

牠只知道，這是不可食的，譬如石頭，而那是可以食的，譬如一隻死去的螞蟻。

牠只知道免於饑餓。

壁虎

在我書桌周圍兩公尺見方以內，我知道，居住著一隻幼小的孤單的壁虎。

牠總是在我專注於閱讀時不期然出現，有時就近在咫尺，一對黑色大眼好奇地打量著我——一打量便是好久，彷彿在我身上發現有什麼可怪之處。

很久以前我便放棄了捕捉牠的念頭。我原來的計劃是：養牠在一只空間足夠的瓶裡，擺在案頭，隨意捕些小蟲給牠，也讓牠透明得可以看見腹部臟器的身軀，做為房間一種生動而與時俱變的裝飾。

而今牠的尾巴斷後初長。我不忍再驚嚇牠了——最起碼也等這條尾巴長成了再抓牠吧！

後來我在整理不甚整潔的桌面時，無意間發現了一隻枯黑乾扁的小壁虎屍骸。我想：會不會就是牠呢？這幾天寒流來襲捕食確實不易啊……牠死了有多久？

我發覺我不再能夠專心閱讀。

這已經不是第一次了，生命悔之已晚的時刻……。

瓢蟲

陽光下遠遠飛來一隻小蟲，棲在我手背上。

本能地想甩掉牠，但抬起手一看，是一隻紅底黑斑點的小瓢蟲，而且正好停在左手無名指的第三指節上，原先應該套著一只戒指的部位。

我想：是了，大自然送我一只如此美麗寶貴的戒指，牠意謂著……。

就在我陷入感懷的當兒，那瓢蟲在燦燦陽光下，倏地又悠忽忽振翅飛走了。

我想：是了，牠意謂著美麗總是短暫的，一如愛情。正因為世人有感於愛的變滅無常，所以發明了婚姻與盟誓，發明了戒指。然而我想要的正是一只瓢蟲般的戒指，不請自來，美麗，短暫休息，不告而別。一如愛情。

螳螂之冬

已經是冬夜了，就在我舉頭雙眼平視處，紗窗上出現了一隻碩大螳螂，以倒栽葱的姿勢一動不動，久久以牠緊縮的腹部與我對峙。

已經很久很久沒有蟲子出現我案前的紗窗上了。在生命繁盛的夏夜，這扇燈火通明的窗原本倒是一片豐富的獵食場。

我停下書本，心想：都已經這麼深的冬夜了，小蟲兒們不是死滅便已冬眠，即使你這樣挨近我溫暖的燈火，也仍躲不過這一季必然的饑寒吧……。

在這思想的窮冬，一隻不足百瓩的燈泡，一本內容枯澀的書，一個自我封閉的男孩，和一隻久久木立的螳螂—靈感像一隻青色小蚱蜢，在紗窗邊緣短暫出現，之後便跳著去遠消失了。螳螂仍是一動也不動。

你終將一無所獲。我說。

我輕敲著窗，噓聲告訴牠：

我們都終將一無所獲。

火車上的寂寞之旅

一個人坐火車，經常掩不住一種落寞的荒寂之感。雖然，你明明知道其實並不是這樣。

當你把手中拎著的行李端上架子去，坐下來，調整一下姿勢，舒適了，把方才在月台上翻來覆去的報紙插進椅背的網袋子裡去，眼睛瞟了一下窗外，再回來，感覺很舒適了，交握著手，彷彿可以一直保持如此一直坐到目的地。彷彿，你真的擁有一個目的，下車之後，許多要緊與不甚要緊的事，要緊與不甚要緊的人，會陸續加入你的旅程。於是，你便搭上火車去了。很謹慎地上了車，在節節車廂緩緩駛入月台，初初停定的那一刻，你便一腳蹬上車去，尋找自己的座位，彷彿一刻都不願在月台上多逗留。已經夜了，青紫的水銀燈照耀著骯髒的水泥地面，月台顯得熙攘而冷清。

通常都是你一個人先坐上那個位子，旁邊還有一個位子空著。你想總會有一個人坐下來吧，但，那會是誰呢？誰是那個伴你這次寂寞之旅的人呢？

車廂中人漸漸多起來，走道上行走過的人因沉重的行李而傾斜著身子，你雙眼咕溜溜盯著看，哪一位會在你身邊停下來——你並沒有期待，沒有挑選，你只是等：那人必然先是眼睛迅速在釘在壁上的座號和手中的車票之間瞄過一眼，確定一下，然後把行李往上一舉，端到你頭頂上的行李架上，和你挨近。這段期間，他一定在某個瞬間瞄過你一眼，兩人同時懷疑：坐在隔座的究竟是怎樣的一個人？

然後他坐下來，可能借你的報紙，開始和你說話，可能沒有。

火車是很實在的一種旅行，一條直線在大地的泥土上確切劃過。不像飛機，蜻蜓點水式的，才上去就下來了，整個行程是個輕忽的拋物線。船則走在水上，如果你站在船尾的甲板上看，看船行劃起的波紋，逝去再逝去，不斷地生出又消逝，呵，那樣快速地生出又消逝的那些白浪，「船過水無痕」，無端要令人悵惘。

此時車廂動了一下。一股龐大的能量已經隱隱貫穿了整列火車，連座位上假寐的你也感覺到了，這條十二體節的長蟲即將馳奔了，一種不安的興奮迅速傳染開來，有人談天，有人脫下了鞋，有人按倒了椅背，有人起身上廁所，有人翻出了書報。而你必定是屬於這一種——手中把著一本書，而且通常並不是一本好懂的大字體的書，搖晃中，你的眼睛很快就會因為無法調視集中焦點而疲累不堪了，你會想，睡一下吧，這火車上的寂寞之旅。下車後，你便要像上緊發條一般忙碌活絡起來，在那一個很可能你待上生活上一輩子，而仍時時感到陌生的城市。目前，你身在車上，還不是時候，火車正像一隻溫吞肥懶的毛蟲，在大地的桑葉上一吋一吋移行。所以，小睡一下吧，你想。

你想寫下些什麼？其實你並不真的擁有什麼「目的」。那些將要在下車之後發生的事是那個城的事。「過程」全在這火車上了——每個人困坐在自己的座位上各懷心事。正因為一切都尚未能展開，百無聊賴，你突然明白，這便就是為什麼在火車上感到荒寂的原因了。你於是想起一個關於火車的悲慘故事：有一個生長在郵政不發達國度的年輕人，他長年懷著一個成為作家的夢，經常要將寫好的稿子，送到離家很遠很遠的郵局去郵遞。他搭火車去，寄了稿子，再搭火車回來。經常當他返抵家門的時候，才寄出的稿子已經被報社退回，先他一步，躺在他書桌上了。

火車一次次將他送往那一個金碧輝煌，夢境成真的城市，一次次他又被那個城市退回。

他在最後一次醒來的時候，瞥見了窗外，這個在深夜仍然散發巨大電能的城，他坐起來收拾行李，準備下車。和很多人一樣，那是個或許他將待上一輩子而仍會時時感到陌生的城。

生活筆記

麵包果

麵包樹成熟了。來醫務所看病的男女老幼都會不約而同地走到中庭裡去，一面抬頭觀望，一面用手指指點點：「喔，那一顆可以吃了，那一顆還不可以吃……。」

樹上的麵包果果色鮮黃，當黃中透出點點橘紅，便是熟透可以吃了。小者如拳頭大小，大者比一個人的頭顱還大些。

「醫官啊，我可不可摘些回去啊？」病人問。

於是有人教給我如何烹調這些麵包果：首先削去果皮，再剖開成四半，把中間的心子挖掉，果肉切丁，和魚脯或排骨一起煮爛，湯汁極為鮮美，味道近似南瓜，但比南瓜清香甘甜。聽得我也不禁食指大動。

從初夏開始，便不時可以在地上撿拾到一些早落的麵包果。經過蟲蛀，螞蟻貪婪吸吮其汁之後，貌極醜惡，激不起任何一點食慾。而且掉落時會「咔」一聲——枝葉的「骨折聲」，再砰然落地，有如掉炸彈。站在樹下，得時時提防有被「炸」到的危險。

中庭備有長竹竿一支，病人看病之餘，便可拿起了竹竿，對準麵包果一捅一捅，再聽見「砰」地數聲巨響，病人心滿意足地拾足一大簍施施然離去，連一聲「謝謝」都免了。

一日，一小女孩來庭中玩耍，正巧一顆麵包果落下，險些擊中她頭部，她連忙跳過一旁，撫著心口，朝我大叫：「醫官，那棵麵包樹襲擊我……」

這是我今年夏天聽見關於麵包樹最好的話了。像詩。

蔘葉與蔘花

從後園移植了一株「野草」至花圃，久了居然抽出長長的花穗，每至黃昏便會開出淡粉紅色的小花，在花圃裡群芳譜當中居然拔得頭籌，在例行灑水除草的下午贏得眾人最多目光。

平日來串門子的鄰居阿婆直扯著我問：「哪裡來的？能不能分我一株？」

答案當然是，不行。

一日心血來潮，我剪了幾枝花朵飽滿的花枝插在洗淨了的藥瓶裡，擺在門診室的桌上，遠遠看像似一蓬粉紅色的滿天星。來看病的婦女看了也都讚美，卻鮮有人知道那是哪一種花，叫什麼名字。

一次終於被認了出來。

「是一種台灣人蔘，」一位女病人說：「根就是人蔘，葉子可以拔下來煮湯，味道像紅菜，夏天喝最清涼退火！」

在這裡幾乎任何植物談起來最終都可以牽涉到「吃」。一日我在閒聊中把這個消息不經意講了出來：「不知道這人蔘葉子的湯吃起來是什麼味道？」無意中給鄰家阿婆聽見了。

第二天我去澆花時一看，完了，那株人蔘整棵光禿禿地沒有一片葉子剩下，只剩下花枝。我先是咬牙切齒，既而想：妳要嚐個清涼降火的蔘葉湯，我卻只在乎人蔘居然能開出如此美麗的花，或許這也是「各取所需」吧！也就隨即釋然了。

很久很久以後，鄰家阿婆才幽幽地告訴我：「那人蔘葉子的湯真不好喝！」

蛇

醫務所出現了蛇，而且是在大門口，而且是在正午。

發現時我手足無措，緊急招來醫務兵，拿鋤頭打死，發現只是一條臭青母。但從此心神不寧了好一陣子，半夜上廁所都得照手電筒，怕一腳踩上。

過不久大門口又死了一條蛇，這回比較嚴重了，是青竹絲。阿兵哥們澆上了酒精，點了火把，要把蛇燒成一條炭棒。前一陣子還看見他們把蟾蜍抓來灌飽了酒精。

這無聊復無情的鄉間日子呵！

瑞港公路

沿秀姑巒溪築成的公路已正式竣工了，叫做「瑞港公路」。沿著秀姑巒溪切穿出海的峽谷邊上開鑿，可以欣賞到泛舟所經過的秀姑巒溪沿岸風貌。我找了一個無事的下午，騎上腳踏車逛了一段，路況陡升陡降，坡度奇險，回來向人吹噓了老半天。

「你敢一個人騎？」有位警員聽了我吹噓之後，睜大了眼睛：「昨天晚上我巡邏經過時，看見一條蟒蛇比樹幹還粗，被纏上準死無疑！」

我頓時啞口無言。因為路上原住民來來去去，沒有人面存懼色。

這帶原始山林還躲藏著什麼不可知的恐怖與凶惡呢？從醫務所向後望去，是一片梵谷式的田野，金黃的稻田，金黃的陽光。七月割稻之後是豐年祭，廣場上擺出米酒和野豬肉。原住民是山野之中適應最佳的贏家，可是當他們出現在我醫務所裡時，卻是脆弱、敏感、無助的。肺結核、絛蟲感染、傷寒以及斑疹傷寒，這些只在教科書見過，在都市教學醫院難得一見的病例，在靜浦這個村落卻全讓我碰上了。在豐年祭雄渾高亢的歌聲裡，我卻時時感覺到那威脅著生存的頑強無知與愚昧。

該是發展出另一套生存法則的時候了！

豐年祭

豐年祭就要到了。

豐年祭在山地鄉是一年一度的盛事，好比平地人過春節般那樣看重。身為山地鄉裡唯一領有合格醫師執照的醫官，在靜浦一年裡頭竟沒有參加過這富民族色彩的神秘儀典，似乎有點說不過去，因此當溽暑的七月來臨時，我忍不住便向村民探聽這節日的消息。

「安啦！」鄰居婆婆說：「這件事包在我身上，到時候你不要被人灌醉就好了——。」

沿著花東海岸數下來，靜浦位在豐濱和長濱兩鄉之交，上有石梯下有三間，各鄉皆有自己的豐年祭，日期順序排下來，延續要近一個月。

隨著日子迫近，醫務所還未感受到歡節的氣氛，倒先忙著處理豐年祭的併發症——車禍。原來外出在各地工作的青年皆返鄉過節，平素不見的好友三三兩兩聚餐喝酒，酒過三巡跨上鐵馬，年輕人在鄉間苦無其他娛樂，當然只有——飆了。

飆的結果便是夜半三更三番兩頭的急診，一具具撞得血肉模糊、酒氣衝天的年輕人被七手八腳抬進了門，我也司空見慣，檢診沒有腦部撞傷便動手縫起來，連麻藥也不上。一連幾天下來幾乎快吃不消，這豐年祭過得可真辛苦。

好不容易靜浦村的豐年祭正式登場了。一晚我在庭中獨坐，忽然傳來歌聲，遠遠地由高處飄下，男女聲各分數部，是原住民語，十分美妙，又帶著歡節的喜樂氣氛，不覺叫人興起一探究竟的念頭。

「你別忙！」鄰居婆婆說：「那只是信教的山胞在教堂前的歌舞，不是『真的』豐年祭。」

歌聲一直持續到大約晚上十點，遠遠的山壁上火光照耀，看上去像是一處大型的營火晚會。

真正的豐年祭開始時，村子比平時安靜了許多，人都集中往村民活動中心的廣場上去了。一共要舉行七天，男女分開跳，頭三天全是男生，接下來女生，有一天男女混合（又據說是情侶們可以訂情之日），最後一天則全體下場，最為盛大。

吃過晚飯，見醫務所無事，我趿了雙拖鞋、身著汗衫短褲，便溜進了村民活動中心前的大廣場。廣場周圍早已聚集了全村的男女老少，而年輕力壯的男性則全著傳統服裝在場子中央圍成一圈唱跳起來。細看之下，他們每人穿戴又有差別，頭上戴有白羽和布條者，年齡和地位較高。跳舞的行列由一名裸著上身的高壯青年領導，據云是村裡第一勇士。他僅斜揹一條紅帶，沒有任何裝飾，一手提一大桶米酒，一手舉一小竹筒，不停地給場中舞蹈的青少年灌酒。一旁觀看的母親們會偶爾下場為兒子調整鬆脫的頭飾，一臉的驕傲滿足——老一輩的山地人確是以參加豐年祭為榮的，年輕人亦得在此祭儀中「成年」。缺席或遲到者還必須受到舞蹈結束後「訓話」的處罰——而年輕的山地姑娘則會走近她所敬慕的青年身邊，在他腰間斜揹的小皮袋裡塞幾顆她們親手包好的檳榔。誰得到的檳榔愈多，誰就是大家心目中的英雄。

這時我才驚訝平時看起來散漫平和的村落，原來是如此的組織整齊，階級嚴明。我坐在人群中原以為沒有人發現，誰料一位裸著上身的第一勇士發現了我，一把遞過來一竹筒的米酒，要我喝下，登時周圍投來數十雙明澄澄村民的眼光，我只好顧不得那杯傳遞過許多人唾液的杯子，仰頸一飲而盡，並祈禱自己不要因此傳染上肝炎或是結核病什麼的——身為醫官，總是對某些細節耿耿於懷，不能隨俗，特別是明明知道這裡是肺結核的高傳染區。

不時場中會爆出幾聲高音——他們所唱的旋律在重複中有著些微少許的變化，遍遍不同，在高音揚起之際，全體便加大了動作，踩重了腳步，甚至跳躍了起來，頗有狩獵的態勢，令人精神為之一振。

自從有了一次被灌酒的經驗，以後再去我便小心地避開了那位驃悍勇猛的「第一勇士」的目光，邊看邊東躲西藏，時時移動位置。不料豐年祭的最後一晚一把被村長逮個正著，村長一把脫去我的上衣，把全副披掛全為我戴上，拖我「下場」，這時恰好平時相熟的派出所警員也來了，大伙手牽手和這些舞踊高歌的原住民青年一同唱了起來。舞步並不複雜，我右手邊的警員跳得簡直比山地人還純熟，嘴裡唱的呢？我問他他也搖頭，只跟著大家的旋律吼，聽起來倒也有腔有調——這時場中那特殊的高音又揚起了，大伙著魔了似的猛力搖晃起來，我在這最簡單的舞蹈和歌唱中，在這手牽手繞圓圈的重複動作裡，感到身陷群眾情緒氛圍裡一股原始的力量，在心手相連當中彼此交流傳遞，我額角胸前開始流汗，酒精也適時發揮了效力，我在歌聲的高昂亢奮中逐漸進入一種類似半催眠的狀態中，意識模糊中有人朝我按了一下鎂光燈……。

在豐年祭結束後不久，一位上醫務所來看病的女病人興高采烈地描述當晚的情景：「我有看見你跳吔！很容易認，你是那裡面最白的一個……」

我聽了不好意思地低下頭。我和那些天真質樸、勇猛強健的原住民青年比較起來，確實是個「異類」，在體魄上有如醜小鴨見了天鵝，不免要自卑起來。我怔怔地想：那晚我一個檳榔也沒得到。文化上的差異，竟然塑造了兩個民族間不同的體貌和靈魂，在豐年祭短暫的水乳交融之後，我發覺原住民仍和我之間有著難以跨越的鴻溝，那幾乎是由千年來文化所累積下來的影響，加上先天體質「基因」上的差異，所相互作用而成的，並非我學會了幾句山地話所能克服……。

時常我會看著那晚村長為我拍攝的照片，一邊回憶那可珍貴的豐年祭七個夜晚。米酒、檳榔、高歌、舞踊，偶爾來上幾個暢快的嘶吼。我想，如果我僅以一個觀光客的心態度過，而不去正視他在民族薪火承傳上的嚴肅意義，我將一無所得。

我一再察看那張唯一的照片，我被剝光了上身，斜揹著帶子，一臉尷尬的笑。我一再察看，終於確定我的確是那晚皮膚最白的一位舞者，沒有得到一顆檳榔。

惡夜

老耿得了癌症快死了。

上個月村長打電話叫了救護車，送他去鳳林榮民醫院住院，意思無非是：死在醫院比較好些。老耿的後事也都交代給住在醫務所對面的羅先生，準備一乾二淨地去等死。

不料不到半個月老耿就鬧著要回家，說什麼在醫院成天見不到醫生護士，他的胸痛——長滿顆顆骨瘤的胸肋——令他輾轉徹夜難眠，卻沒有人給他任何止痛針劑，現在怕骨癌細胞已經擴散，連坐著尻骨也犯疼。

上午，他在鄰家女孩扶持下來醫務所看病，直嚷著要止痛藥和安眠藥——他已經痛得連續好幾天沒有闔過眼睛。

我看著瘦得不成人形的老耿，顆顆骨瘤像一串串葡萄結滿了胸壁，嘴裡一邊口齒不清地咕噥，一邊吐著腥臭的口唾，兩隻泛黃的大眼珠子卻暴突了出來，狀極可佈。

或許骨瘤已長大壓迫到食道，他除了水什麼也嚥不下，體力極差。打上了點滴給他補充體力，他卻連等一瓶打完也待不住，直喊著痛，我也只好拔了點滴讓他回去。

當晚，我想再為老耿補充一瓶點滴，卻被鄰近的村婦阻止：不要再給他葡萄糖水了，他想早點死。

我手提著葡萄糖水當下猶豫起來，許多有關「安樂死」的爭論又在我心中重新演練過一遍。在「挽留生命」與「免除痛苦」之間，當我必須做一個抉擇時，我只能恨自己無能於造化的弄人……。

第二天，有幾位村人要設宴送我——我即將退伍離開靜浦醫務所。在席上有位老士官長以平靜的口吻說：「老耿只剩一口氣了，早上我去看他，他直挺挺躺在椅子上，我先還以為死了，叫也叫沒反應，只是嘴裡還在微微吐氣……。」

而席上十數位村民也都只是靜靜聆聽，臉上表情的平靜叫人以為那是「深以為是」。彷彿大家都等他死。

有一天，我相信，當他們自己面臨死亡時，也會是同樣的態度。沈從文筆下的「認命」的中國人，再一次浮現我眼前，和靜浦村村民相重疊。是怎麼樣的一種信念與歷練，使死者與活者在面對死亡時如此的靜謐？電影「小巨人」的結尾，印第安族長相信自己天數已盡，獨自走到荒野中舞蹈，然後躺下來等死——而中國人並不如此遠離群眾，從生到死，都只是日常，平常。從前有錢人家嫁女兒置辦嫁妝，是連同棺材一起買下的。

當晚村婦又來醫務所轉告：老耿死了。觀察其表情是絲毫沒有動容，甚至是鬆了一口氣。

但身為醫務所的醫官，我的罪惡感被激發出來：老耿為什麼死得這麼快？為什麼我身為醫官卻沒有盡心去挽留這條生命，不管當事人是否願意？究竟我對生命的信念為何，否則村婦的一句話不會輕易就阻止了我？

事實上，只是一瓶點滴而已。對於一位癌症末期的病人，大約並沒有任何活命延壽的功效。但我被這無名的罪惡感折磨得遲遲不能入睡……我不斷地自問：「安樂死」是否「人道」？身為一名醫生，是否應該接受「安樂死」的說法……。

正當我迷迷糊糊入睡時，醫務所門口平素安靜看守的狗兒卻反常地哀鳴起來，也就是村人平常所說的「嗚狗螺」，緜長不絕，聲至淒厲，在農曆七月的午夜……。

第二天早上一切卻早已塵埃落定，不留痕跡。老耿的屍首村人們早已經連夜處置妥當運走，村人們依舊尋常來去，只是就此靜浦村又減少了一位退伍老兵而已。

村婦又來串門子，見我神情萎頓，頭髮未梳，鬍子也忘了刮，忙問為什麼。我告之昨夜狗異常嗚叫之事，她臉上才閃過一絲舛異的神色，彷彿死亡的陰影才剛籠罩而下……。

告別秀姑巒溪

一輛大型巴士在我窗前二十公尺處倒車，把車屁股朝著我，緩緩地把車身打正，巨大能量的引擎咆哮著，把一股股汽油味的廢氣噴進我房間。我打開音樂，伏案忙著自己的事，對於這樣每四十分鐘便要發生一次的空氣及噪音污染事件，視若無睹，甘之如飴。

而我竟也這樣，在秀姑巒溪畔的醫務所裡待了一年的時光。醫務所前方正好是客運公車的停車場，我的房間正對著每一輛停車噴煙的屁股，使我早已磨練出在引擎聲裡酣睡的本事。

半夜裡萬籟俱寂，遠遠一道呼嘯的摩托車聲劃過大地，尖銳地在我耳膜上劃出一道傷口，發痛，我忍不住從床上爬起來，隱隱傳來「砰」地一聲，摩托車聲嘎然而止，我知道，馬上又有急診了——通常是一具撞得血肉模糊、噴著濃重酒氣的肉體，分不清是因碰撞還是酒精而昏迷。

我從容縫著所有的傷口，連麻醉藥都不上。

白天七點不到便有門診病人上門。通常是他們的吐痰及咳嗽聲叫我起床。候診室裡人聲沸騰。

「先生啊，我想要打針，打針好得比較快……」

「我有發燒，我都是『燒腹內』的……」

「先生啊，照上次給我的那種一排二十四顆的藥就可以了。」

「這種病是不是不能吃木瓜、鴨肉……」

「被刀子割到我就用香煙嚼一嚼蓋上去就好了。」

「我吃中藥吃了兩千塊，腿不痠了，卻腫得有兩根粗……」

「開一點青黴素給我好了，我的腿痛一定要吃青黴素……」

「大夫，我的糖尿病就是吃這種五葉靈芝吃好的吔……」

「大夫，我來打點滴。」

「……」

在這東海岸的中點，我的病人分佈在長濱和豐濱兩鄉，我所面對的除了各式各樣千奇百怪的病痛，更大的敵人是愚昧和無知。在許多根深蒂固、牢不可破的錯誤觀念面前，我束手無策。「別可憐我，請教育我。」不錯，這樣的呼聲適用於每一個「落後地區」和「邊陲地帶」，但，弔詭的是這樣的自覺只能來自於教育。

而我馬上就要離開這裡了。我所能做的已經不多。

一年間秀姑巒溪的出海口由無人島的左側換到右側。由瑞穗通到長虹橋的公路由開築到正式通車。董先生的花生由於六月三日起即未落一滴雨而全部旱死。唐先生的攝護腺腫大被證實是前列腺癌，吃了女性荷爾蒙而發育起兩隻乳房。患鼻咽癌的金老頭悄悄死在鳳林榮民醫院，那座築在海邊的小茅屋遺囑由各鄰居分走，對面的江媽媽不高興極了，說：「幹嘛遺言把那床棉被給我？他戶頭還有十幾萬的存款哩！」

附近國小的實習老師在七月份學期結束後，紛紛返家，等待入伍。

泛舟人潮由五月起便逐日增多，八月溽暑正是高潮。一位七十八歲的老婆婆被人七手八腳抬進了醫務所，在翻船時喝下了不少水，結果都喝進肺裡去了。

而我就要離開這既奇特又平凡，既豐富又單調的地方，回到我熟悉又陌生、埋怨又想念的台北。台北的擁擠、污染，目不暇給的五光十色，超速度的生活節奏，在在令我身心俱疲。但，我還是想念台北。

或許有一天我也會想念靜浦，想念秀姑巒溪，想念這有無數珊瑚與熱帶魚游動的海岸……當我把書裝箱打包，興起的不是離愁依依，而是無所適從、百般不是的情緒。

幾位鄰近常來看病的婆婆媽媽商量著要送我一塊匾，問我要題上什麼字比較恰當。「以後要掛在你診所裡的，怎麼可以隨便寫？」她說。

我覺得好笑，又感激。

秀姑巒溪的水日益混濁，隨著增多的泛舟人潮和沿岸盜採礦石。「風景不殊，正自有山河之異。」我始終沒有找到自己心中的福地，永遠流著愛的奶與蜜……人心澆薄並沒有鄉城之別，靜浦逃不了現代文明的侵蝕，秀姑巒溪也逃不了終必被污染的噩運……一個鄉下醫生，似乎什麼也做不了。

直到離開靜浦，我始終沒有想出，那塊匾上頭應該題些什麼字。

第二卷

詩生活

和很多人一樣，我也有著很深的「作家情結」。
所謂「情結」，必然免不了既愛且恨，欲走還留。
「生活罷。」
我總是聽見自己在說。

我為什麼寫詩

因為愛。
因為慾望。
因為我必須說話，必須被聽見。
因為要構建一個自己的世界。
因為渴求自由。
因為那些未能被善待的夢。
因為反抗。
因為在現實中的無能。
因為本能。
因為那些流不出的眼淚

因為我必須快樂起來。
因為那完成的一剎的狂喜。
因為遊戲。
因為生活。
因為一切逝去的圓滿與遺憾。
因為自己的愚昧和犯錯。
因為慾望。
因為愛。

自己的歌

從來不覺得寫作佔了我整個生活的多少比例。直到有一次一位同學走進我房間，被裡面到處充斥的稿紙，或說廢紙堆給嚇住了，他才提醒我：「總有一天，你會從房間裡被這些紙給『彈』出去。」

是的。我為什麼要寫作呢？

記得小時候喜歡學唱歌。不管打那兒聽來的，喜歡的便整天掛在嘴邊哼哼唱唱，誰也沒有注意。卻有一次媽在廚房裡把我叫進去，說：「剛才你那首歌唱得很好聽，來，再唱一遍給媽聽。」那時不知怎的，一下子被這突如其來的正式邀請給窘住，一時彆扭起來，就一直僵在那兒，任媽說什麼我也不唱。媽在口頭上不甚耐煩地催促了幾聲，見一切無效之後便放棄了。我踏出廚房一轉念，又想唱了。這次我小心翼翼躲進臥房窗簾後頭，拿布蒙住臉，用盡了我自以為最好聽悅耳的聲音，把那首歌又唱了一遍。

然後走到媽身後，一心等待著讚美。可是媽卻似乎只專心忙她自己的。我終於忍不住，問她：「剛才有沒有聽見我唱歌？」媽媽笑了一下，說：「那樣咪咪嗚嗚的，聲音比貓還小，媽不愛聽。」

當時的我，覺得很受打擊。因為我的確以為，在拿窗簾布蒙住頭的時候，我努力唱出了生平最好聽的一支歌。媽或許因為我這樣上不了檯面的個性，故意氣我。但，拿布蒙住臉，那聲音聽起來可能真的是「咪咪嗚嗚」的。我心裡因此惘惘了好一陣子，好像自己做錯了一件事。

而寫作，對我而言也許就像是這樣蒙著頭唱一首歌罷——一支支心中亟欲吐露的歌，在無人靜闃的房間裡兀自高唱，每當我從犂過多遍的白底綠格子稿紙上抬頭，不禁微微疑問：這回，我是要唱給誰聽？誰來聽我？終究我在取悅著誰啊——我深深不解。

我開始羡慕那些始終只把歌掛在嘴邊隨便哼唱的人。是的，他們也許永遠唱不好一首歌，但，他們唱歌只要能夠取悅自己便足夠了。

詩人墮落的開始

我坐在書桌前。在我把房間內任何一張紙片揉掉，拋進字紙簍之前，都必須仔細檢查過紙面上的字一遍。因為上頭很可能是一個很重要的電話號碼，或者是一段對自己很重要的，未完成的詩。

我坐在書桌前，如果一旦決定要開始寫詩了，那便是我最幸福的時刻了。這樣一般而平凡的夜，快樂竟然唾手可得。

我會在伸手可以抓取得到的任何紙片上頭寫詩。用任何顏色的筆，寫任何型式的詩。生活原來可以簡單到這樣，詩也可以，詩人也可以。

＊＊＊

丟下筆，準備找出一張乾淨的稿紙來謄錄出一首詩的時候，那心情莊重得往往令自己也吃驚。我的字就是在謄詩稿的時候最好看，一筆一畫，感覺都極耗費心血—丟下筆，知道又一首詩已經「完成」了，那是不著痕跡的一瞬的喜極而泣。

我找出一篇塞在角落的舊稿，而決定更動他，翻修他至「完成」時，那心情幾近絕望。當我終於再在詩末註明諸如「三稿，某年某月某日」時，發現那時間的差距可以是三年、五年、十年—「定稿」一首詩，究竟要多久？如果不幸，我必須再寫下「四稿」、「五稿」，那又會是在哪年哪月哪日呢？

然而，當我把詩封進信封袋寄出去，那詩就不再干我的事了。所有的痛苦和快樂就到此為止。有一個遙遙茫漠的「詩壇」，當你的詩敲開了報紙或刊物的篇幅一角，他們便開始稱呼你「詩人」，他們討論你的詩，他們開座談會，他們選舉十大詩人……

＊＊＊

你坐在書桌前，決定要開始寫詩了，心中一閃而過「詩壇」的影子，你發覺原先寫詩的快樂或痛苦都不一樣了。但你仍然把詩完成了，寄出去，等待。一切的快樂痛苦改從這裡開始。你不知道，這，是詩人墮落的開始。

我的志願

記得在小學三年級的作文課裡，「我的志願」這個題目我寫的是要成為一個作家。理由全都忘了，因為當時甚至連「作家」意味著怎樣一種生活型態與生命情調都還全不清楚，只是一時福至心靈，信筆湊一篇作文；誰知多年後回想起來，這篇作文卻頗有點「一語成讖」的意味，因為從此我便踏上了寫作的不歸路。

但到了今日，即使我寫出了一點點外人視為「成績」的作品，「寫作」也仍然不是我的正業。我學醫，而醫學是極其繁浩瑣碎的專業，一旦投入，便不許人有「第二專業」——我也曾在這兩者之間掙扎過。瑞典導演英格瑪・柏格曼曾說：「這世界上沒有業餘的藝術家。」而現實裡也的確沒有業餘的醫生——這便是我時常感到悲哀之處。

為什麼寫作？這個問題我自問很難回答。因為其實我並沒有「選擇」寫作，而倒像是寫作「選擇」了我——每當我全身被強烈的創作驅力所籠罩，在夜半的燈下振筆疾書的時候，那不可理解的特殊心理狀態，像是本能的發洩，卻又像是感情的極度昇華，一種心路的探索，一種現實狀況的心理模擬，一種美的完成——這其中蘊藏著有神秘的狂喜和顫慄，心智完全清明，情理飽滿圓融，一顆心稍一觸碰，便要滿溢出「文字」來，甚至在作品完成後許久，還久久不能自己。

我對寫作原是如此「上癮」。

原來文字可以是如此複雜而有趣的遊戲。

而從原來的「偶一為之」，到目前愈發感覺到欲罷不能，隱隱然已成為生活不可缺少的一部分。父母親友知道的人便要憂慮：「學醫」與「寫作」如何平衡？將來還要不要當醫生啊？這樣下去身體怎麼受得了？

是的。

一切都指出：寫作似乎對我只有害處。專心當個醫生，更能符合大多數人對我的期許。

然而我無悔。

有一次聽見母親在電話裡替我拒絕了報社的邀稿，我立刻暴跳如雷，大叫：「妳怎麼可以不先問問我就拒絕人家！」原來我內心真的把寫作當作事業的！

然而矛盾的是，我寫作完全依賴靈感。

在沒有寫作慾望的夜晚，我又完全變回庸碌平凡的辛德瑞拉，安於各種醫學原版教科書，甚至卡通影片、通俗雜誌、罐頭音樂，沒有一點想像中作家應有的浪漫生活：在月夜驅車前往海灘冥思，把酒對月高歌等。寫作之外，我擁有的只是再真實不過的生活。只有在靈感併發的短暫片刻，我才搖身一變，盛裝往赴詩的殿堂，與文字的貴族共舞。

寫到今天回頭來看，竟也有八、九個年頭了。這期間，對寫作的態度大約一直維持著如此：不勉強自己「擠」出作品，不寫應酬文章，不寫「沒有感覺」的題材，只管貪婪地汲取創作時那份狂喜和文章發表時的滿足。這對我而言，也正是最能持久、真實而深刻的喜悅和享受了。文學本身應該是一個「終極的目的」，而不應是任何俗世的「手段」。「無所為而為」的態度反而是好的。曹雪芹在寫《紅樓夢》時，大概也不曾想到要享千秋萬世名吧？

前幾年，哥哥在赴德國進修前，由於對未來的前途感到茫然困惑，答應了一個同事替他算命。回國之後，有一天哥哥在閒談間偶然提及那次算命的結果，我好奇地問：「結果他算得準不準？」誰知哥竟笑著說：「準，算你算得很準！」我聽得一驚，怎麼用哥哥的八字能算得弟弟我的命來？哥哥說：「他算完我的命以後，居然能從我的八字，算出我有個弟弟是文昌文曲星……哈！」

不錯，我是在寫作的路上一帆風順，得了一大堆獎，獎座太大太多，書房都擺不下，前年大地震還砸壞了好幾個。「文昌星坐命宮就是這樣……」哥哥補充說。

是這樣嗎？我一向不太相信算命這一套——因為屢試屢敗，從來沒有人為我算準過。

然而這次我卻十分願意相信了，彷彿是為我的寫作找到一個十足充分的好理由——你看嘛，文曲星坐命宮的人怎麼能不寫作呢？而且寫了包準有前途，全靠一枝筆。

我很願意在這樣的欺罔裡繼續活下去，寫下去，直寫到沒有東西可寫為止。

海岸教室

我寫詩。知道的人很容易便有錯誤的聯想，誤以為「詩人」的日常生活也該是富於「詩」情畫意的。這裡我忍不住要再一次援引我引用過多次的梁實秋那句名言：讀歷史上的詩人，總是覺得詩人的生活清高風雅，但如果這位詩人恰好住在你隔壁的話，那他就只是個笑話。

所以雖然對新詩的啟蒙很早，但畢竟到了高中才「真正的」開始寫詩，關心的人會問：「和花中的環境有沒有一點關係？」

是的，有的。

每當在和朋友間的「西部人」談起在花中的學生生活時，總不免要唬唬他們：「從花中的教室看得見海還不稀奇哩，太平洋浪大一點就會從窗口打進來呢……」而他們總是張大了嘴，一副十分願意相信的樣子：「真的？教室地板上有沒有撿到過魚？」

那時候的花蓮高級中學教室十幾年都不曾翻新過。高一、高二、高三，三排平行的教室，一年比一年靠近海。地勢愈低、成績也就每下愈況。尤其到了高三那年大家埋首苦讀的日子，日後回想起來印象自然特別深刻，「海岸教室」之名不脛而走。所有從花中出來的「花中人」，「想當年」總會記得那排老舊木造的教室，和伸手一按便可躍出去的低矮圍牆。

而我的高中生活如今回想起來，卻是一點都不浪漫可喜的，別說是「詩」生活，似乎連「散文生活」也都還沾不上邊，倒是接近「論說文」的清嚴方正，帶一點清教徒的色彩——對「花女」是正眼瞧也不瞧，甚至滿懷敵意——全身上下揹負著升學壓力，全副盔甲地往聯考的風車日夜猛攻——重讀那時候所寫的週記，通篇密密麻麻的蠅頭小字，全是對當前教育制度「清談」式的批判與對自己哲學式的無盡對話——想必讓當時批改週記的老師大傷腦筋。

這樣無趣的我，怎麼到後來會寫起詩了呢？

那時的花中在羅校長時期，是頗有一些「無政府」狀態下的悠遊學風與自在學習的氣氛的，校園裡也絕無「風景」可言，有的只是野草恣意滋長、人心自由觸發的一種放任的美——記得二樓的教室有一年被颱風吹垮了，學校居然也就像堆積木一樣再蓋回去，也不管原來一樓的基礎是否已經動搖，吃不吃得住。中午有人大老遠跑去「魯豫」吃麵片，大約生意太好，跑堂給忘了，一等居然等了一個多鐘頭麵還沒來，他要先回去的同學轉告下午第一堂的老師：他叫的麵還沒來，等吃飽了再回來上課，老師也欣然允諾。

禮堂是另一古蹟，兩排窗戶全是老式的由下往上推開的那種，每次上週會課我總是無聊地望著窗外，想起中古世紀的斷頭台，像「勞萊與哈台」滑稽影片演的一樣。每當有人像勞萊一樣把頭伸出去，窗子便會碰然滑下，打掉他的記憶。

高三遷入了「海岸教室」，在那種大考逼臨前的苦悶低氣壓裡頭，經常有人蹺課出去，也不必翻圍牆，直接由後門大剌剌走進走出即可——一會兒回來，不是手中捧著一盤臭豆腐，就是提著一袋熱帶魚；我當時手緊握著書本，心想：這海邊真的有熱帶魚可捉嗎？對於這近在咫尺的花蓮海濱，充滿不可解的神秘傾慕。有一次學校舉行防空演習，要全體師生躲到海邊一個倉庫裡，全班同學都怨聲載道，只有我一個人暗自喜孜孜地，像小學生要去遠足。

凡此林林總總，都只是一點點童心的殘留，一點點詩心的散碎光芒。「詩」與「生活」——更廣義一點說，「作品」與「人」——原是兩種極其微妙的互補又互斥的複雜關係。寫出經典小說《城堡》的卡夫卡，終生是個唯唯諾諾、庸庸碌碌的上班族；美國著名的抒情女詩人狄金遜，則是鄰人眼中深居簡出、一輩子未嫁的老姑婆。一般人想像中詩人應有的「水中撈月」、「對酒當歌」等等的浪漫行徑，大概屬於戲劇的成分比較多，因為一般人著實誤會了「浪漫」的涵意，也扭曲了「詩」的真實面目。

因此我在花中那段黃金的少年歲月裡，著實並沒有「詩生活」可言，有的只是一顆敏銳善感的心，一點堅持和滿懷對未來的夢想。我和每一個曾經在「海岸教室」待過的花中人過著一樣的生活，有著一樣的得意與失落，一樣的幻滅與夢。梭羅曾在《湖濱散記》裡明白地告訴過我們：沒有人能夠告訴你應該怎麼過活，每個人都應該自己選擇自己真正想要的生活，對自己的生命負責。

同樣的，我也不能告訴你什麼。

同樣的，我也是在離開「海岸教室」很久很久以後，才明白我真正要的是什麼生活。

第三卷

文字的種籽

文字的種籽，是透明發光帶著羽翼的毬果，
落在思維的土壤裡，競相萌芽。

是你在尋找種籽嗎

是你在尋找種籽嗎？

先知問。

有一個王，在他回憶起襤褸的少年時代時似乎記得這樣一小段流浪的往事。

是的。我在尋找麵包樹的種籽。

他這樣回答，幼小的瞳仁裡有兩點晶瑩明澈的星光。

雨水嘩啦響了一夜，早晨醒來，趁著陰黯的天光，就在庭中兩棵高大的麵包樹底下，發現站著好幾棵小小的小麵包樹。

他們在一夜之間立了起來，身高才寸許，赫然也已枝葉亭亭，想必昨夜就是雷馬克所謂的「根與芽之夜」吧！所有的種籽在泥土裡忙碌了一夜，有些此時已倦然死去，有些則掙破了種皮，嫩綠的芽葉在晨光裡微微顫抖，像是喜極而泣。

我在草地上四處逛了一趟，又找到了幾株。

是的，麵包樹，如果有人成群合抱睡於樹下，必會在午睡中被落下的碩實的麵包敲醒。

而他們在昨夜這樣一個平凡又神奇的夜裡卻四處探頭生長起來，我似乎在一個夢裡看見全世界的麵包樹一棵又一棵地相繼站起來，成熟，開花，結實，然後紛紛掉落下烘熱又柔軟的噴香麵包……。

而現在是冬雨寒噤的十二月，初芽的草皮下的泥土裡，那些待發的種籽們尚未突破冰覆般堅固的地表，就先已感受到人世的寒涼……。

是你在尋找種籽嗎？先知問。

是的。我說。可是遍尋不著。

呵呵，這不成煩惱，你看滿地——先知指著泥土說：滿地是骨碌碌烏黑光亮的窮人的眼睛。

盟誓

那個說要回來的人一直都沒有回來。

這個世界也不曾記載有關他來臨的日子。

很不幸地，他曾說過一些所謂盟誓之類的話。

有一個人也便因此記住了。

舉世濁浪滔滔，他必須穿越過一條長河，行過一大片黃土，攀越過峽谷和森林，無視一場萬人舞踊的慶典，無畏一場鐵血交橫的戰事，才能夠履踐當時他許下的承諾。

他萬萬沒有想到，那在臨分手之前自然而然脫口而出的無心的話，是一句如許值得記誦的重話。

有一個人便因此記住了。

送別時兩個人一直走到了不能再向前走的地方，那地方是如許的荒涼寒漠，竟找不到任何可以拿來贈別或留念的東西，或者一塊花紋別致的石頭，甚或一枝不起眼的花草。

「我們有水，也有糧……」他滿心憂慮著：我們有水也有糧，除此之外……。

除此之外，在他棉布綑就背包裡有著他無法負載的東西。水，和糧。之外。

他希望好好活著。他，他們兩個人，還有所有在那片黃土地上存活的人。他希望啊！他多麼多麼希望啊！

為了這個，他必須離開，出發。

他才沒有走多遠，揣在懷裡的那枝弱小的野花便乾枯了，從他繫的腰帶間跌到塵土裡去。

有水，有糧，還有一個人活在一起，他不明白，這樣不就足夠好好活著了嚒？

但他走到了遼遠、遼遠的地方。

他拿七月的浮雲補充他夾襖裡綳脫的棉絮，他拿蘆葦垂彎的枝桿在水面上寫著時光的信，草尖上無聲滴落的露珠是他不能察覺的微悟，水上偶爾驚飛而去的鴻雁是他輕疏逸失的夢。他偶而醒來，對昨日和明日同樣感到茫然。

他原是有這個盼望，然而他不明白。

他是會老的，但等待他的人不會。

這個世界不曾記載他離去的日子。

他們相對默立了很久、很久了，他覺得彷彿必須說些什麼才是，於是便說了那句所謂盟誓的重語。

然後便是遺忘的世界。這世界正無所不在地、無時不刻地大量、大量遺忘。萬人舞踴的慶典仍然進行著，鐵血交橫的戰事依然持續著。滔滔濁浪。

好好的活著啊！不斷逝世的流水在說：為了我請你好好活著。

而那個說要回來的人一直都沒有回來。

顛覆之煙

有一個人他用誠實向世界說話。
誠實的文字。誠實的聲音。
在他的書桌旁，散置著凡人佈置的世界。
道德，良善，正派。
然而他只懂得誠實。
有人看見了他的文字，駭然：嘖，什麼東西？
有人聽見了他的聲音連忙摀住了耳朵，倒退三步，唾道：好一個下流無恥×××的東西……。
他雙手摀住胸懷，覺得他誠實的聲音正透過指縫，激動地洶湧而出，流入這嘈雜的凡人世間。

終於有一天他在信箱裡讀到他的作品。誨淫誨盜。他彷彿聽見。有人批在他的稿紙上。

愛。無私。開放的心靈。真正的溝通與互諒。他想：沒有了誠實，一切都是白搭……。

他抽了一口菸，煙在他面前的空氣裡上演一齣小小型的戲劇行列。先是豬，接著是舞女，接著是一匹高瘦的恐龍，然後玫瑰、胖廚師、海浪……無盡的生滅幻化……。

是的，這便是生命給他的感覺。既短暫又永恆，既膨脹又萎縮，既戲劇又平凡。就在一根菸頭上思想可以無限輻射。

誠實。由忠於自己的感覺開始。

他俯首摸了摸自己的乳頭，感覺乳頭下心臟尖尖的撞擊。

他寫，為了證實他還活著，如是而已。

誨。他從這個字開始思考起。誨。幽黯不明，天光微弱，視野中大量陰影，發出黑色的光。誨。他勃然而起，擊掌：是了，我就要從「淫」和「盜」兩件事上著手開始文字的戲劇行列。

他的思想像一根菸被點著了，發紅發燙，發生氤氳迷人的既想像又真實的文字演出，生滅幻化，一個意象銜著另一個意象。

從此，連他自己也不知道，他以誠實武裝的文字悄悄顛覆了這道德、良善、正派的T城。

電影之咒

㈠禁果

「這果子你最好不要吃……」

你阻止我吃才剛採下的一籃鮮嫩的蓮霧。

「？」我說。

你把已吃下的吐在手心，給我看：一條渾身透明的青蟲蠕動著。

「一個著蟲，這一季的蓮霧每個都著蟲。」

我說：「？」

「不信你試試，」你說。

（她試了，她咬掉果肉，一看，果然一條同樣的青蟲蜷曲在多水潮濕的果核中心，像熟睡的嬰兒被陽光曬醒，正吃力地睜著眼。她明白了，這是一顆禁果，千百年前沉沒的記憶此時又被勾起，她和他，這時必須離開安居的伊甸。）

㈡十年一夢

你走了。留給我一張紙，一個地址，一封信。

我每天寫信給你。可是沒有寄。我把寫的信封好，都收進餅乾盒子裡去。有一天，我拿去丟在海上。

我知道，我只是對著一個夢來說話。

（十年後重逢，他販毒，她賣笑、賣身。他要帶她走，她拒絕了。面對持續十年的夢境成真，她只有淒涼笑著，說：「每個男人碰見我，都說要帶我走。」）

㈢復活

我們生時是一對相追逐的戀人，那麼我們死了

就會變成一對美麗的魂魄……

讓我們做一對美麗的魂魄罷。

我不要做美麗的魂魄

哦？

我喜歡肉體。

（於是他們相約在兩千年後復活，兩人都已忘了他們的前世——兩人在初遇的兩小時之後，便互相剝去了衣服，在地板上做愛。此時兩人都恢復了童身。）

㈣模特兒

我不能相信初看你的那一眼。我一直告訴自己：不是的，不是的，你只是一

具模特兒，塑膠做的，木頭刻的，不可能真的有人眼睛是長成這個樣，鼻子又是這個樣，我說你不可能是真的人，我不相信。那一眼，你知道，我就愛上你了，你是如此完美。

（他後來揍她成重傷。他去醫院看她，她癱在床上握著他的手，如此追述。）

(五)玩什麼？

看來，人生在世不是生離，就是死別——何不跟著我來在這夾縫裡頭好好玩一玩！

好哇，在亂世，玩什麼？

（他們後來同時愛上一名女子，女子別嫁，兩人落魄江湖，一戰死沙場，形同自裁；一淪為屠夫，鬥雞走狗一生。）

㈥咒語

易求無價寶，難得有情郎。

（他來了又走。她的男人們經常來了又走，走了又來。這一刻卻是誰也走不了，因為他們正並肩跪在刑場上，在白花花的太陽底下，等著被斬首，示眾。）

＊＊＊

他們在一起看了許多電影。許多電影中的對話和旁白，一直重複在他們的實際生活中不時兌現。易求無價寶，難得有情郎。女的在臨刑前回顧她蒼涼的一生，竟也只有這句被說老的話。此時攝影機急促地向後拉，鏡頭卻不斷ZOOM IN，於是遙遠的背景慢慢向眼前貼近，一個土里土氣，白衣白裙的女孩走到碼頭，把滿滿一盒子的信往海水裡倒，白花花的紙片在夕陽中漫飛成一大片，而在城市中心區某大樓的屋頂閣樓裡，一對男女正在梳粧打扮，回復他們在做愛前的模樣，相約去看正在展出的秦俑。他握她的手，她驀地想起所有他握著她的手的時刻，那都是在什麼情況下，什麼理由，她想起他們初見的天崩地坼，天旋地轉，然而這已是最後的時刻了，他和她，兩人被反綁著手跪在一起，等候著行刑，突然一名黑衣人從圍觀的人群中衝出來，欺近，長刀一揮，兩個人頭倏地同時墜地。同年同月同日死。

他們在一起看了許多電影。易求無價寶，難得有情郎。他們在銀幕上看到這句話時，不禁同時停下嘴裡的蓮霧，相互看了對方一眼，懷疑在這個有許多人亟需求得愛情的年代，許多動人的神話，許多深刻的謊言。他們互看一眼，不知道自己終究是悲慘還是幸福。

「還有什麼電影可看嚒？」她問。他沉默著，忍受他們的故事打出「劇終」的字樣。

花蓮吾愛

很久沒有相遇了。陌生在忙碌和時光裡一點點成形，同時隔出了距離，和美感；這次的相遇便都忘了從前，你深深扎進我肉裡的種種刺痛和不快——你回到最原始初遇時的你，我呢，我想，我所能改變的地方也不多罷——我的許多童年即已成形的性格上的缺憾，那是還在花蓮，在安謐而封閉的小學之前的家裡，即已成為我身體的一部分的了——這次我遇見你，那遺忘的感覺便又回來了，我想我的感動和當初仍是一樣，那無法斥退的我最初信仰的童話，一直是潛意識裡最深層強大的漩渦和潮流，不時因為你，因為與你相遇而濺起浪花的淚水，和靈感。週身金葉片被剝盡的目盲的快樂王子，他腳下凍斃的燕子，拎著浸溼的火柴在冬夜街頭躊躇的火柴女，還有那換得人足的人魚公主，呵，這麼小我就懂得流淚了，讓這些憂傷的靈魂浸染我，佔據我狹窄的胸臆，這些無法斥退的童話呵——直到遇見你，當我正筆直地穿過一個城市的時候，我猜，淚已流盡，你稱之為愛情的東西，使我變得冰冷而且堅硬，在花蓮，我沒有再哭過。我再沒有任何驚奇了，當花蓮也變得俗麗而拜金，那天，我沿著小學上學的路徑散步，便很清楚知道我的結論：所有的神奇與秘密，沿途的蔓草木橋、廢寺和竹林，都被光明與希望的大理石所取代了。是的，大理石，從他原來睡眠的太魯閣的地下被挖出、被切割和擊碎之後，出現在人行道和街角的小公園，被塑成不能確實稱之為抽象或是無實的形體，這樣的美，被花蓮人，我勤懇而和氣的鄉人所深深愛悅、喜歡——於是，我知道為何終究我們無法達到彼此要求的契合的程度了，我在一種浮面的康樂氣氛裡深深地倦怠了，我從一個荒漠冷寂的地方來，如今，我想回到那裡去。那裡早晨的豆漿店裡，我讀過報紙，便可以上班去了，那裡，我無心收集了一些音樂和書籍（不畫畫了，因為戶外寫生太辛苦），我在那裡可以忘記我原可以是什麼，讓生活充滿了虛假和遺忘的氣味，如你所發現，我的冰冷和堅硬是更早成形的，我帶著很久了，也沒有打算丟棄。吾愛，我能改變的不多，當初與今日的感覺是在我性格的缺憾中成形的，為什麼大理石不能塑出人魚公主或快樂王子呢？我不再如此發問了，但散步途中不曾駐足，沒有什麼能使我流淚，我在花蓮，或者在我的音樂和書籍之間，都不能再遇見你了，我離去之後，我微微知道，必須找到一個地點，先安置我的童話。

請不要闔起你的樂器盒子

請不要闔起你的樂器盒子

請不要闔起你的樂器盒子，音樂並未終止。你看，此時的音樂正像活在天空的水母，滿天的水母以帶電的細小觸鬚，輕輕在我們體表鞭笞而過，如此迅捷又如此光彩，目不暇給。一群群兒童般嬉戲的水母呵，你看，他們正如甫下課般熙攘列隊而來了，你此時怎能捨得闔上你的音樂盒子，用豎起的衣領掩藏你亟欲離去的神色，用排列在你瞳眼裡的鋼管與鉛彈彈奏歌頌死亡的曲子，不，請不要闔起你的音樂箱子，不要踩著抬棺人的步伐走開，雖然我確知墓碑離我們並不遠，黑夜也確已降臨，星光刺人作疼，但音樂正宛轉悠揚，請不要以桀然悽愴的神色扣闔你的音樂盒子，不要去走近那塊腐土上新堀出的洞穴（你看，他們把原有的草皮都破壞了），呵，而你那白皙而修長的手指也切勿去抓起一把混雜著草根與碎石的土壤，切勿以陳舊的絨布去擦拭並包裹那已瘖瘂的沉睡的樂器，當你以噘起的唇和傾覆的髮靠近，靠近我的臉頰的時候，我還聽得見音樂，看見了水母，水母身上奇異的灼人的光，請以弓奏我，以指撥我，但請不要闔起你的樂器盒子，呵，請你不要告訴我，難道，這便是我的葬禮。

離開大雨傾盆的城市

離開那座城市之後，便下雨了。在離開的路途上，不斷有雨絲飄進車窗，尖得像會刺人。這時一切都變得接近藍色，以及黑，有數字閃映在車窗上，每隔一下便低鳴一下跳動一下，彷彿有人在暗暗數著，數著我離去的拍子。雨是屬於你那個城市的雨，我可以辨認，是的，卻延伸至我離開你的路途上，彷彿身後有一朵雲追著我，身在城市邊緣的我不禁訝異，我原把一切都留下了呵？不，我猜想應該不是的，否則我不會離開你築在嶙峋與泥濘之間的城，那立著發電廠與青苔浮雕的城，那曾是遊子與水手歇腳留情的城。而我畢竟走了，在詢問過那隻傳說中會在雨天出現於港市的鷹之後，在你回答鷹的確已不再出現之後，在我回望立於季風中的殉難者紀念雕像之後，在手指觸碰過海鹽蝕蛀了礁岩之後，我便說我要回家了，我想我瞥見了你的惶惑，或你正在躊躇著如何拒絕我，我說我想回家了，掛念著另外一個城市裡的建築，雖我深愛你的城市已極。風景將不會因而減損改變，雲也不少一朵，我確定的，一如鷹已消失的海面。呵，你日漸凋零的港市少了一隻雨天盤旋的鷹，風景也不曾改變。

憂鬱症者的太空計畫

我阻止他。

當他試圖向鄰座解說他登陸火星計畫的太空船藍圖時，我阻止他。

我阻止他，我已經相信，我說。我深深相信。

雖然那遠遠超過他智力與想像力的範圍，他連最基本的形容詞彙與天文學常識都付諸闕如。

「你連太空船的輪胎都設計不了……」鄰座喃喃地不屑地說。

所以我阻止他，包括那永恆不乏動力的噴射引擎和自動軌道導航儀。我都相信。他偉大的太空探測計畫。

然而這違反集體治療的初衷與原則。我說我相信，而且我原諒夢。我相信把夢說出來的人。

我原諒夢。

第四卷

大都會小大夫

生活被都市的節奏驅趕、切割、擠壓。

大都會裡的小住院醫師的生活容許有些片斷的感觸，

零星的喟嘆，短暫的清明。

但落筆成文字，思緒卻又早已不知飛落何處。

自助餐小店

才超過規定用餐時間不過一分鐘，醫院福利餐廳的工作人員便撤走了所有的碗盤菜餚，寒著一張臉告訴你：「沒菜了！」口氣的冰冷和醫院大廳的冷氣一般強勁。

我就是這樣光顧起這家距離我工作地點頗有一點距離的自助餐小店的，在每個超時工作的夜晚。

今晚生意清淡。當我點的魚排麵上桌時，店裡只剩下我、幾個店夥、一大箱熱帶魚。我聽見一位年紀約莫已過不惑的婦女，拖著地板一面對身邊圍著白色圍裙的店夥說：「你年紀還輕，不要急著出來賺錢……。」

店夥看來只是一個尚未發育完全、理著平頭、約莫十四、五歲的毛頭小子，苦著臉低頭吃飯，大約是學校家裡待不住，跑出來在這自助餐廳廚房裡打工。

「把書讀好了……」那位中年婦女繼續說：「將來不怕賺不到錢，最重要的是年輕時要把基礎打好，賺錢不要這麼急，一輩子的基礎要先打好最重要……」叨叨絮絮地，店夥臉上只是輕微的惶惑，眉頭無辜地皺了起來，像是十分願意聽信卻又求她不要繼續再說下去。或許他在家裡已經受夠了這種叨唸。女的那邊卻一直翻來覆去同樣的幾句話，顯然詞彙的貧乏降低了她話語的信服力。

我一邊吃一邊聽，對於她話中流露出對於「教育」堅定而幾近頑固的信仰感到吃驚。因為自己本身即受完了完整的所謂「教育」，但這過程當中所見所聞所感似乎並不是這樣。

「先把書讀好了，將來踏出社會，再來去賺錢……。」

店夥倔強地坐定在那裡，幾乎沒有回應。

教育不是萬靈丹，我邊吃邊想：以目前的教育制度，更有可能把年輕人激到另一邊去……既而想：學校教的課程目前我已遺忘了大部分，到頭來幾乎只剩下生活的智慧、時間的教訓還在大腦作用……而離開學校還不到數年的光景呵……。

讓這嚴酷現實的社會及早鍛鍊鍛鍊他或許也是好的。我想說，但只是靜默。

這社會首先教會我靜默，保持靜默。

直到我吃完離開，她還在說。

又過了幾日，當我又光臨這家自助餐小店時，已不見了那個年輕店夥。

買米

那天晚上下班也並不算太晚，只因想起冰箱裡仍有些菜，便打算去買些飯回家。僅僅只是白飯。

第一家店拒絕賣飯給我。「我們自己都不夠賣呢！」老板說。第二家店問我要買幾碗，我說買二十塊。我其實也不知道二十塊白飯有多少。店家用紅白條紋的塑膠袋盛了白飯給我，我手一提頭一個感覺是：好輕啊！我走出店仍訝異不已；二十塊的白米竟然這樣的輕哩！

我沿路走回家，也許因為寒流正來襲，我見手中的那團白飯正騰騰地冒著白煙，或許怕飯冷了，或許因為自己冷，便順手把那團白飯揣在懷裡。

立刻，我可以感到那團白飯在胸腹之間散發著溫暖。然而，我扣緊了外套輕彎著身子或許也保護了些許飯的溫度罷。有幾次，我感覺白飯似乎在衣服裡動了一動，像有生命似地，彷彿我揣著一隻小動物在懷裡，在這樣十二月隆冬的夜，彼此相互取暖。

那一晚，我覺得似乎飯特別好吃。

不要手抄口袋

在隆冬清晨的上班途中，暗濛濛的空氣裡行走著瑟縮成一團一團的行人，灰撲撲的身影棋佈在寒凍而幽暗的柏油路面上，在厚重冬衣的包裹下有如一墩墩矮胖的石像，看不出雙腳行走，也看不出雙手擺動。行走其間，我突然發現，只有我一人雙手是垂在口袋之外的。這點，連我自己也深感驚異，想起十幾年前的國中級任導師曾一再嚴正告誡：不許把雙手抄在口袋裡。當時不明白他的用心，或許在他眼中一個有著無限未來可能的年輕人，竟然能把萬能的雙手閒著無事抄在褲子口袋裡，是無比的罪過。

記得當時班上還有一位思想早熟、才情高卓的同學還寫了一篇精采的週記文章，大嘆雙手在冬天早晨的週會課不能伸入褲子溫暖口袋裡的苦楚，博得大家一致的讚賞。

是的，當時只覺得這樣的教育近似斯巴達，如今，也並不覺得在隆冬的早晨雙手不抄口袋有任何特別的意義，只是，在那些縮頸垂首的行人當中，覺得自己今天早晨看起來份外精神。

盲女

在門診人潮擁擠雜亂的候診間裡發現一個熟悉的人影，在川流不息的人群裡肅然靜坐，兩眼茫然凝望著遠處，表情是不悲不喜，卻又隱隱透著一股蒼涼，我猛然撞見，驀地想起童年記憶裡的一個女人，也是類似蒼涼的神色，似乎已看盡生之繁華，卻又有無盡的嘆息……。

她大約在過完孩提時代便來到外祖母家了，原來許配給三舅，無奈時代風氣在變，又據說三舅和她兩個人又互看不對眼，因此作罷。對了，她，就是外婆家裡的童養媳。

直到我懂事，三舅早已單身北上台北謀生計，而她則已是一位騎著腳踏車四處販布為生的商人的妻子了。

很奇怪的是，她的兩眼在她生下五名子女之後，便全瞎了。經常可以看見她成天在房間裡悶睡，或在門口的籐椅上閒坐，兩眼直視著我不能估計的遠方，臉上表情有時是茫然，有時甚或神祕的微笑在嘴角，令我迷惑。以後當我在書上第一次看見「蒙娜麗莎的微笑」這幅畫時，首先聯想到的，便是這樣一個在鄰里街坊間擁有出了名的美貌卻又兩眼全盲的女子。

然而她又非全盲，每當我經過她面前，想要躡足而過直接去找我的小表哥表姐玩時，她卻又出其不意地喚住我：「是……小華嗎？來……過來……。」令我又不禁懷疑她是否全盲，能和我玩這樣貓捉老鼠的把戲。

甚至我還有一次就魯莽地問：「妳真的是一點也看不見嗎？」她聽了，沒有回答，只是茫茫然地搖搖頭，眼底似乎有數不盡的嘆息。現在回想起來，那時年紀太小了，又那能覺察她藏在眼角的隱隱淚光呢？

一直到我負笈北上讀醫學院，甚至如今我成為一位眼科大夫，我都一直不能了解她為何這麼年輕就已目盲。只有她那散亂著頭髮坐在門口籐椅上的蒼白身影深印腦海，還有她那詠嘆調似的叨絮：「這麼年輕就病成這樣子……大約沒有幾年好活了……小華，你要好好念書……。」

直到最近回家和母親閒聊，談起附近鄰居有人得了糖尿病。我無意提起應該請他也檢查一下眼睛，母親才驚異地問：「哦，糖尿病也會瞎眼的嗎？」之後母親略為沉吟了一會，才提起這位她童養媳的姊姊：「怪不得從小家裡面的人就說她懶，不做事，成天看她躲在房裡睡覺，原來，根本就是糖尿病的低血糖症狀……。」

至此，我才知道這位年輕阿姨兩眼全瞎的原因。當然，她早在我有能力行醫之前許多年便已去世了。那樣的時代，又遠在花蓮，想必她連「雷射」這名詞都未曾聽過。

而這樣一個蒙娜麗莎般的女人，在她短短的生命告終之後便無語地消失了，連我也在繁忙的行醫生涯中把童年的一切淡忘。直到門診候診間裡出現了那樣一個有著類似蒼涼神情的女人。

我忍不住走過去，大略翻了一下她的病歷，兩眼視網膜剝離出血，手術一次兩次三次，又兩眼都換了眼角膜，依然救不回她的視力。是的，從她的神情我可以猜出那是兩眼全盲者特有的神情，而我，依然是那童騃頑愚的我，想要躡足而過。

（原載於中央日報副刊及中眼醫訊）

白沙島記事

我橫躺在那塊伸出去的半島上，恣意地伸展肢體。

在一個每天僅發電半小時的小島。而我說那已經是太足夠了，換了短褲便按捺不住朝沙灘上跑。他在後面喊：可沒有水洗澡哇！因為連自來水都是鹹的，洗完照樣皮膚一層鹽巴。

我不管，只一個方向朝沙灘跑，彷彿那裡早留有我的位置。但什麼也沒有，除了白沙、藍得發慌的天，淺淺的海，割人的珊瑚。

而我發現那是一個半島，一道窄窄的沙灘伸出去，死滿了海草，和蟹行的足跡。

我橫躺上去，沙和陽光滾燙地在我背腹兩面烘烤，蒸氣扭曲了眼前的畫面，令人要起幻象。

一隻灰褐的沙鷸靜靜落下來，棲在不遠處一截腐木上，啄兩下，又靜靜起飛。我趕忙跑過去，什麼也沒有找到——我無聊地玩起沙子，發現那是一種罕有的肉紅色的曬暖的細石子，混合著斑紋的碎貝，或許還有魚卵和蟲屍。而浪是小小的，甚至激不起一點浪花；像熟睡的鼻息。我告訴他，我是太平洋岸長大的，簡直不能想像有如此溫柔的海，甚至沙灘可以呈這樣和緩的角度沒入海水。

我走下去，用足底去感覺流動的海草和鵝卵石。

但已經近黃昏了。他擔心地跟上來，憂戚的眼神和他健康的身體頗不相配。

我說我什麼也沒做，只是躺下來攤開肢體，想像我如何發現了一塊處女地，並保有它。

我說我花一個下午無所事事，觀察白雲，想像我也能如此無憂自在地舒卷與飄流。

我告訴他，我想起了紀德。

他笑起來。

每當他不懂的時候總是這樣。他的絕活之一是挖蟹穴。動作敏捷、準確，像一隻捕獵時的豹，一種完美的獸。

來！我教你。他指給我看：這些是假的洞穴，再怎麼樣挖深仍是挖不到什麼的。

來！我教你。

然而很快就黃昏了，紅紅的天光將肉色的沙灘染得更深，陽光的熱力在消頹中，大地的體溫昇上來，海水湧起一股鹹濕的氣味，死的海草泛著冷白。

我掙扎起來坐上那截腐木，一種無依的感覺靜靜落下，又靜靜起飛。我是來自太平洋岸的孩子，真的不能想像有這樣溫柔的海。

然而，到處都污染得厲害，他說：只有這裡的海水還好。

他兩手已經各自捉住兩隻螃蟹，我要他放了罷。

我們開始往回走。

一路上沉默著。白珊瑚的枝椏從沙裡伸出來，像一隻隻枯瘠的臂骨，是無數屈死的生靈在千年之後的異地仍在企索與抗議，仍要伸出手來抓住天空，想要攀住一點點希望，或者一點慾望。

我想起了來時礁石尖銳地刮過船底的聲響，以及船身因為過淺的海底而大幅傾斜著。我說我還沒來得及認識這些便要走了。還沒鍊就我所希冀的粗礪與風霜。

他又笑起來。

他的皮膚和眼睛裡有我所要的風霜和粗礪。

我開始懷疑我只是經過一個由白骨墳場偽裝起來的沙灘，還有那天那海，都是幻象。

我們走入遠遠的村落，天已全黑了，沿路曬滿了銀白色的小魚乾。他隨手抓起一把送入嘴裡，彷彿無須經過任何人的同意。

他遞一隻給我。長寸許，蒙著薄薄的灰土，一股甘甜的微腥。白天陽光的紫外線雖然殺過菌，但蒼蠅又在上頭叮過。我猶豫著吃與不吃。

於是他將全部放在嘴裡咀嚼，嚼肌牽動了臉上每一條細微的表情肌，仍是一種完美的獸。我又想起了紀德。

我開始明白，我是如何固執地定居在我內心的孤島，橫躺在那塊伸向空虛的半島上，在不自覺的侷限裡享受著微弱的放縱與恣意，自以為佔有了天空、沙灘和海洋，以為那裡會留有我的位置，天地間我的位置。

但那裡什麼也沒有。

桂冠與蛇杖

我學醫而又寫詩，知道的人便要發問：兩者之間是怎麼樣的一種關係？彷彿，真的存在有那麼一種關係。

從前我曾分析過自己：我同時信仰物理與詩歌，依賴數學與音樂，書架上《臨床診斷學》與《半生緣》並列。

詩與醫學大約亦可如是觀。醫學所需要的冷靜的理性分析與邏輯推理過程，一直在大腦的皮質上層運作精密，但會一點一滴地不自覺滲進大腦顳葉裡去，在夢的潛意識荒原上衍生一齣齣戲劇，再「偶而」啟動了左腦回溝裡的「布羅卡」語言區的神秘機關，以不同於日常的新奇語法，藉著「靈感」成形為一首首的「詩」。

所以我的某些詩作會令讀者覺得「冷」、「過於知性」、「專有名詞太多」、「科幻味道」。不錯，不懂物理或天文的人，怎能了解每當我思索「熵」這個熱力學字眼時那從心底油然而生的荒涼無邊對宇宙人世的浩嘆呢？有隔。這其間一定有隔。讀者不能再自甘於只是一個讀者了，特別是詩的讀者。

必須長進。

這世上沒有「業餘」的醫生，我想，但，有沒有業餘的藝術家呢？柏格曼說沒有。文學家大約也是沒有「業餘」的。

這便是我愈來愈感悲哀之處。我欲同時永得桂冠與蛇杖，註定了這是一生的悲劇。在詩裡頭，我每每便因為強烈意識到這一點而頹然，而激昂，而歇斯底里，而振筆疾書，而擲筆發恨—陳醫官，有病人看病喔—我會立刻丟下手邊才半完成的稿子，施施然走進門診室，神采奕奕，笑容可掬，柔聲地發問：「你人那裡不舒服？」——這其間的心境轉換，我已熟練得不需要一秒鐘，而病人在醫生面前總是撒嬌耍賴的，自我中心的，動輒得咎的，人格一半退化成孩子的。而醫生也是人。

人的耐心是有限度的。
每當耐心不足時，我發作的方式，也是詩。

松針與毬果

在軍艦岩後山的山路上，有一片年紀並不算太大的黑松林子。經常我在散步這條步道時，會選擇這片林子做為歇腳的地點。在松林間有人結了一副簡單的鞦韆，站在上面可以遠眺關渡平原，靜靜的淡水河，和遠遠橫臥的觀音山。當然，還有從紗帽山背送下的陣陣和風，在在令人流連。

第一次在松林裡遇見這位奇異的中年女子，是因為她憩在我平常休憩的那塊石頭上。石頭邊的砂地上，排著一堆她蒐集來的松樹毬果。我第一個反應是：又是一個無聊的沒見過毬果的城市鄉巴佬。第二個反應是：她是精神病患嗎？

她見我走近，下意識地護著她蒐集來的寶貝，以目光戒慎。我只好走開。匆忙間打量：那堆毬果排得真好看。看得出她是先以松針排編成一副簡單的鳥巢，再將十來個大小一致的乾枯毬果置於其間，做成充滿想像力的毬果的巢。

當我走過另一條山路、攀上另一個山巔，環視過另一座山的風景，再重新折返這片松林，發現她人已不見，留下那一窩彷彿濕熱，才剛下的松果的卵。

而她下了這一窩松樹的卵之後便飛離了巢。我坐在平常休憩的石上，猜想她將不會再回來，又想：哪有母鳥不戀巢裡的新卵呢？

天暑好個夏！

我學醫，印證自己的身體，相信自己是「熱帶生物」。每逢歲末隆冬，便覺血液循環遲滯，心思困頓，肌肉蜷縮，眼珠子灰黯，整個人了無生趣，無異「冬眠」狀態。偶思運動，熱身了半天，跑起步來仍覺關節僵硬，肌肉緊張欲裂，頗有運動傷害之虞，往往不能盡興，趁早打住。

一旦過了兒童節，便覺得沉睡的內在一點一滴被喚醒，為了呼應這生命狂野的召喚，首要之務便是蛻盡衣衫，到海邊泳池畔曬一身古銅肌膚，以備「自戀型」人格「愛現」之基本條件。再來便是央求理髮師傅設計一俏麗短髮，腦後宜推光直上耳際，靈感得自從前國中女生之「西瓜皮」。同時鬢角刮得鐵青，頂上留長斜披額際，如此既招徠目光，又享清涼。當然T恤短衫遮陽鏡更屬必備，無論男女，夏天無疑是「耍帥」之最佳時機，此時不展其傲人身材更待何時？因此隨時漫步街頭，養眼鏡頭不斷，真乃夏天一大樂事，面對接踵而至的豐胸美臀，大膽外露的頸項大腿，有時真令我不由得想要雙掌合十，感謝上蒼賜台灣如此燠熱長夏，讓我有幸常享此人間美景。

當然，對於貢獻自己凹凸有緻的身體和輕薄豔麗的衣裳以成就此一人間美景的人們，我是心懷感激的。我學醫，印證別人的身體，總覺健康豐美的人體乃上帝最大的神蹟，炎炎夏日，身體也如夏花怒放，教人又嘆又惜。隔著醫學大樓的冷氣玻璃，望向窗外驕陽大地，悠悠乎拈來一夢，反證出自己的蒼白，正經，衣履整齊，的確可恥。

撕票之後……

在台北，人行道上出現市招、砂石堆、鐵皮圍牆、水窪、鷹架、雙輪車以及各種零食小攤販的推車應已屬司空見慣的事了。但是那一天下午約是學校放學時分，我卻走在一條各類障礙物一應俱全的路上。同時行人擁擠，每個人同樣地表情漠然，對周遭視若無睹，足下飛快，在如此崎嶇的路面上如履平地——真不愧身為一個現代的台北市市民。

突然間我在人潮裡走著走著，發現自己竟然走入了絕路——我身陷在兩排擠得水洩不通的摩托車陣、一個泥水混濁的大水窪和一大疊才拆卸下來的建築模板當中，前進不得——對於我這個自認為已能在這都市叢林裡「鑽」得通行無阻的人而言，突然平白在大馬路上陷入無路可走的窘境當中，提起來著實是件很可臉紅的事。

幸好不只我一個。

一位打著領帶拎著小公事包，看似上班族的年輕人，絲毫從容不迫地一腳便跨過車陣，揚長而去。後頭跟來的幾位著高跟鞋的小姐知難而退，嬌嗔埋怨了幾聲，順原路走了回去。我不甘心回頭繞遠道，腳卻又不夠長，便試圖跳過水窪。先抱緊了揹袋，退後一步，吸口氣縱身一躍，果然順利到達彼岸。回頭一看，一旁另有幾個放學回家的小學生正沿水窪旁的砂石堆攀著鐵皮圍牆要爬過來。

危險啊——這該死的一念之慈，使我上前向他們伸出了手。

他們先是對我突如其來的舉動怔了一下，然後「嘩」地一聲四散開來，一下子丟盔棄甲個個逃得不見蹤影。

我走進一座旋轉著透明玻璃門的大廈，按了電梯。

燈一格一格地向下閃，終於門開了。我走進去，回過身來，原來跟我一起站著等電梯的小毛頭卻仍木木站在電梯外，沒有進來。

我按住「ＯＰＥＮ」，示意他趕快進來。

他卻反而身子一縮退了幾步，躲向一旁。

我狐疑地一探頭出去，他卻一轉身，背著書包一簸簸地一溜煙兒跑掉了。

我納悶，怎麼搞的，曾幾何時文學家筆下歌誦的無邪、純潔、天真爛漫的小天使個個都成了戒慎恐懼、對抗邪惡的小十字軍了？繼而想，我們多麼有效率的教育和大眾傳播呵……。

記得有位作家曾經這樣子寫，「信任」是一件極易使自己受傷的事。聰明的人因此學會了「懷疑」，而「懷疑」卻是局部的死。

不錯，人與人之間原來存在著更多確定不移、相互照亮的關係，只是歲月增長之後蒙昧的心使它變得脆弱、黯淡。就在一位學童遭到歹徒撕票之後，我們更有理由堂而皇之地告訴我們的下一代，不可去「信任」。

是否有更多事件發生之後，我們便可以正大光明地告誡我們尚對人世懵懂的孩子，不可去「相信」；不可去「追尋」；不可去「冒險」；不可去「愛」。

為了免於恐懼與傷害，我們一手遮斷了人性更高可能的追求。於是有愛滋病帶原者被逐出校園，有社區居民聯合抵制社區內智障兒童中心的成立，有父母老師在身邊諄諄教誨，不要接近陌生人……。

局部的「死」已在每個小孩心中成形，接下來呢？

「獻給×××」

近日翻開某朋友所贈的自費出版的詩集，映入眼簾第一頁，幾個印刷體大字：

獻給王××小姐。

想必，嗯，就是這本詩集的女主角罷。

想起電影「齊瓦哥醫生」裡最美妙的一幕：主人翁在他舊日的別墅裡漏夜為娜拉寫詩。當詩寫成天已微曙，人也精疲力竭，就伏在案上睡著了。娜拉醒來發現，倚在他懷裡閱讀那首墨跡甫乾的詩，水漾漾的眼珠子急促地上上下下，之後，臉上真心地微微一笑，回頭給了詩人一吻。

就這樣，一個歷經滄桑的女人的心被感動了。

詩或許能有此奇效罷，但，在詩集扉頁公開聲明獻給某某某，此舉是否明智？或許詩人這麼做，除了本身個性裡頭那一點無可救藥的浪漫天性之外，並別無所求吧——至今為止，還沒聽說用這種法子，把追丟的女友又給「感動」回來的。

另外一個顧慮：經過這麼一獻，一本詩集很有從此在讀者心目中淪為「私人情詩大公開」的危險？這樣大剌剌地把情人的名字印在書首（而且想必事先並未徵得她本人同意），我不禁好奇：當她從詩人手中接過這樣一本獻給她的詩集時，心中做何感受。詩人們通常有這麼一個定律：戀愛成功是寫詩生涯的墳墓。情詩而能結集成冊，推敲起來詩人必不怎麼受到青睞，在屢戰屢敗的苦戀最後來個回馬一槍，這麼白紙黑字地一獻，想來很有令人當場休克的戲劇效果。

早在三〇年代錢鍾書就在《圍城》的序裡嘲弄過這回事：作品再怎麼獻，終究還是作者自己的，用不著這樣轉彎抹角地不老實。當時深以為是，可是翻開白先勇的《台北人》，第一頁就是：「獻給先父母，以及那一個憂患重重的時代。」這一獻無形中彷彿為書增添了許多厚重，分明覺得了自己的小氣——當我在自費出版第一本詩集時，就猶豫是否該題上獻給某某某。因為，確有其人。就拿文字來當作一種傳達工具而言，寫詩真算是夠迂迴，夠含蓄，逃得夠遠的了，而那樣「獻給王××」的開場白只會限制了讀者的想像，對作品本身並無助益。但就人來考慮，這麼做著實需要一點坦白，一點率真，一點勇氣。

而這些我都沒有。所有的作品都是自己的。

蟑螂恐懼

夢見自己全身爬滿了一種蟲子。一夜都是類似這樣的夢，許多大大小小的蟲，在我身體的各個「洞穴」鑽進鑽出。早晨醒來，困頓中覺得疲累已極，渾身不適，但蟲子的形狀卻絲毫不能記憶。

掙扎「爬」上書桌，拿起茶杯，赫然發現昨日喝剩的半杯可樂裡，竟泡著一具蟑螂的屍身。是了，就是這蟲子——一日之計在於晨，有了這麼一個「好的開始」，這一天將會過得如何地霉氣，也就著實不難想像了。

蟑螂隨著可樂倒進了馬桶，接下來的問題是：這只泡了一夜蟑螂的杯子該如何處置呢？拿開水燙過，雖說可以保證做到消毒無菌，但祛除不掉心理上那層嫌惡，還是就此摔掉不用，像紅樓夢裡的妙玉對待男人用過的茶杯一樣？

無法解釋我對蟑螂的潔癖。打開佛洛伊德，自然又可以牽扯到性——而且，僅僅只是那樣複雜的臆測文字，於事無補。但顯然這種人不在少數，偶而和朋友聊天提及，發現幾乎人人都有類似的「蟑螂情結」和對付蟑螂的一套自己獨創的方法，千奇百怪，頗值得心理學家繼續深究。

例如我的一位學長，外型屬六尺壯漢，卻對小小蟑螂有近乎歇斯底里的恐懼。和蟑螂遭遇他一律採「燙死」的辦法才能「安心」，否則當夜必定失眠，如果不幸有「會飛的」蟑螂降落在他肥美的頸後，他可以當場暈厥。古人有詩云：「憫鼠常留飯，憐蛾須罩燈」，在我們這些有著各種「小動物恐懼症」的人讀來，不禁背脊發出陣陣冷顫。

那隻蟑螂飄在馬桶裡，隨著沖水的渦漩打著轉，好幾次，怎麼都沖不掉。我被觸動了。

大概，因為我最近變得整潔了。幾次發現，屋裡的蟑螂都因缺乏豐富糧食而變瘦，像這樣，飄在馬桶裡沖不掉，惹人厭煩——如果生活秩序的整潔代表了心緒的平穩和人格某種程度的社會化，那麼內心的整潔在創作上無疑代表了情思觸角的遲鈍、原創力的削弱和頑強生命力的消失。

這種整潔，令我深深不安。

望著馬桶裡那隻沖不掉的蟑螂，浮至我心頭的，此刻，卻是另外一種恐懼。

人的背面

經常，我在心事重重當中睡著。

我一直喜歡這個比喻：人有兩面，像一只手套。醒時是正面，睡眠時翻出背面來。所謂的失眠便是這道翻轉手續的過於艱難。嬰兒坦白單純，只有一面，便無須這道手續。

而我從來沒有這些困擾，或許這是我這幾年所養起的一種特殊能力，簡直不需要任何一點翻身或鬆弛肌肉的時間，就睡著了——一下子跌進了半遺忘、無秩序、脫離邏輯、象徵的夢與非夢的心靈世界裡去。

因此我為我不記日記的懶惰找到藉口：我將一天日常的重要與細瑣、情緒的回聲與斑駁，都全數收存進睡眠的廣闊世界裡去，讓內裡不屬於我自己管轄的部份主宰這一切，替我進行分解與整合的工作——我放心這樣，因為，似乎也只能這樣。當第二天早晨醒來，我知道我和昨日的我已經有著不同了，睡夢裡有一塊橡皮將我像鉛筆迹子般擦去，留下淡淡的筆觸，再補添上相仿然而確實不同的線條來。因此人隨著年齡增長而日漸複雜、模糊，不如兒童來得明確、堅銳。

經常我喜歡觀察一幅織錦畫的背面。在那片黯淡了的與畫的正面相同然而左右顛倒的圖案上頭，遺留著複雜的針織線頭，說明著一幅明麗風景背後種種規畫的縝密與巧思。可惜人不能這樣。「人格」的成形是否有同樣清楚的脈絡可循？書上說人都是以既往已有的經驗來判斷、接納一個新的經驗。這樣相演而生的關係，向上推至極致，或者你要問：人類第一個經驗又從何而來呢？答案只有可能是「遺傳」——即人生下來便預先規劃好的。只有歷史上少數的大智慧，能清楚指陳人類處於「遺傳」與「環境」交互作用下的困局，將「人」像織錦畫般掀出個背面來，使人類昏眊的目光為之一亮，帶來痛悟、懺悔、驚怖、戰慄和狂喜，因而留下令人浩嘆的偉大作品。除此之外的大部分都隨著歲月沉入、沉澱在那不可知的睡眠世界裡。「人類所有的疑惑都可以歸結於人類無法完全了解自己的大腦。」在這人類理性、感官甚至智識完全派不上用場的睡眠世界裡，或許正矗立著人類千百年來傾其所有卻屢攻不下的、終極奧秘的城堡。

我放心把自己交給睡眠，在睡眠裡經歷現實之外的另一種真實。我無意再去嘗試掀開自己或者別人的「背面」。這層妄念的去除，或許正是年紀增長後的一點知足罷。

市招傳奇

小學畢業那年，一次颱風把學校附近那間「杏春藥房」招牌上的「杏」字給吹掉了，整整有半年，那間藥房成為正值青春發育年齡的花蓮學子們的笑話。

擁擠、誇張、豔麗，刺目的市招，似乎是中國人城市景觀的特色，連蠅頭大小的店面也得立個兩層樓高的市招，騎樓下一個，屋頂正面一個，側面一個，橫的一個豎的一個，人行道上一個，巷口轉角再一個。似乎非得如此，不能廣為招徠。

在瓊瑤電影當道的年代，配合市面繁榮而興起的咖啡座，便充分反映了俗文學的社會功能。一時間以「侯鳥之愛」、「我歌我泣」、「昨夜之燈」、「似曾相識」為名的咖啡座紛紛成立，為原本直截了當的市招文學抹上一層新鮮而不怎麼令人舒服的文藝腔。服兵役時在一次同學會上遇到小學時代的老友，他開的一家就叫做「未曾留下地址」。他散發名片希望大家多多前往捧場。但從此以後，他的店卻也在我腦裡「未曾留下地址」。

某年同學們結伴來花蓮旅遊，走在市區大街上，突然有人駭叫：「你們看，春—香—妓—女—戶」。有人當場做證，他走遍台灣，還沒有看過有這樣把「妓女戶」三個字大剌剌寫在市招上的。大約也只有鄉下地方才可能這樣。

來到台北，有一回朋友開車載我由萬華駛向板橋，我突然發現，一路上的市招有一半以上我看不懂。太多新的生活方式，新的行業，新的需求，正悄悄以迅雷不及掩耳的速度入侵。我們的生活，如果深究，有那些是真的必要？資本主義的遊戲規則之一便是替人民製造需求，卻又一方面將需求的全面滿足無限延遲。

偶而搭北迴線火車回家，匆匆一日半日停留，只能從市招的變化來揣測花蓮這蕞爾小城在現代文明邊緣的變貌。誰能想像即使是在蓮花東鐵路線上只有短短一條「大街」的小站，居然也林立著三、四家「KTV」的景象？

在離開花蓮的前夕，無意間走過一家中藥舖，看見新豎起的一塊市招，用漆紅的大字寫在粗糙的甘蔗板上：「千年鐘乳石」，我佇足留神，底下的文字有如五雷轟頂，使我久久不能回過神來：「每斤三百元。」

花蓮上空三十分鐘

飛機已經飛行超過二十分鐘了，也就是大約在空服員收走果汁盒子之後不久，便應該要開始緩緩下降，且向右傾斜，轉彎。

此時望向窗外，卻仍只是一頭悶黑的雲霧，蒙天蓋地地鋪陳向天際，無邊無涯。

本來這時候我看見的應該是蔚藍的海岸飄著棉絮般的白浪，花蓮港延伸出來的堤、防風林、沙灘，在機艙俯身穿破雲層的當兒，我幾乎可以細數花蓮市的街道、建築、行人、我的家。

此時我閉上眼睛，心裡盤算著此時應否祈禱。一直自認為自己是活得十分辛苦的無神論者，也一直自認為這樣子活著並沒有什麼不妥——也直到此時，在飛機不得降落機場的數千呎高空，方才驚覺身為一名無神論者的尷尬……。

菩薩吧……我無意識地呢喃，雙手緊抓著椅子扶手，想起菩薩的救苦救難是聞聲的，我本應該可以大聲召喚。但，我偷偷瞄了一下周遭的乘客——為了一般突如其來不可解的虛妄的自尊心，我突然又噤聲，維持住一副閉目養神的閒適模樣。呵，這頂該死的可恨的自尊心。

「各位旅客。這裡是機長報告。目前我們飛航的位置已經接近花蓮機場上空。根據花蓮機場塔台的報告，花蓮機場目前正在下著大雨，所以我們決定在花蓮上空盤旋，希望這場雨能在一個小時之內停止。如果有任何後續的狀況，我們隨時會向各位報告。」

飛機繼續飛。繼續在愁雲慘霧中飛行。我不能祈禱的心兵分幾路地思考：飛機不是一衝上雲層便又是陽光普照的萬里晴空嗎？為何這一路都在雲層當中摸黑前行？為何不馬上折返松山機場而在花蓮上空盤旋？目前的位置是在海上或陸上？在陸上的話在能見度如此差的狀況下豈不有撞山的危險？

我幾乎驚坐起來想起花蓮機場曾有過的空難事件，就在前年發生在北加里宛山的撞山慘劇……而飛機繼續飛行。

乘客們繼續喝水、睡覺、看報紙、哄小孩、上廁所。

然後一位空姐微笑著出現機艙彼端。很顯然，她出現的目的是要安撫大家的情緒。我雙眼立刻的盯住她，企圖在她職業性的僵硬的笑容當中尋找出飛機遲遲不能降落機場的原因的蛛絲馬跡。

她應當承受的比我更多。

可惜她驚鴻一瞥地便消失了。我只記得她唇膏塗得頂厚。

而飛機繼續昏天暗地地飛。我伸手摸了摸因引擎震動的機艙壁，發現是自己在微微地發抖。是主耶穌嗎，莫罕穆德嗎，佛嗎，不行，這時候信仰已經來不及了，連此時不能祈禱的驚惶的我都還覺得自己太現實。

然而這時候也恨起那些平時說我戴起復古圓金屬框眼鏡像極了徐志摩的人——天啊，我記起了徐志摩怎麼死的了……。

而朋友說過他搭大陸民航客機的經驗：當飛機遇上極大的亂流時，空姐捧著一疊白紙出來，要大家寫遺囑。平時當這是個大笑話，此時卻覺得極其有必要。然而此時空姐空爺呢？為什麼都不見蹤影？是否已經在前艙裡歇斯底里地哭作一團呢？我又極度憤怒了：我要寫遺囑！

「這裡是機長報告，因為花蓮機場的雨勢一直持續，而現在飛機的油量已經達到最低安全量標準，所以我們決定折返台北松山機場，這裡我們要為不能將您安全送抵目的而抱歉……。」

我幾乎是狂喜地睜開眼來，望向窗外，如獲新生般望著腳下綿亙的中央山脈，以及山外隱隱約約卻愈來愈明顯的夕陽，溫暖的南中國海的夕陽在機翼那頭閃耀生輝。是的，機翼那頭，我沉醉望著機翼那端。慢著，我稍定睛凝視，心陡地涼了：飛機的引擎在冒煙呢！

是的，左側機翼底下最遠端的那具引擎正拖著一縷青藍色的煙帶，彷彿著火。一時間我想驚叫，抓起救生衣，抵開安全門，立刻跳出飛機去。然而，我只是坐著，想編造一個完全不同於方才機長室報告的故事。雖然機長那低沉、穩定而富自信的嗓音我是多麼願意相信。

如果方才飛機不能降落機場只是純粹機件故障的緣故？如果飛機在花蓮上空盤旋只是為了耗盡油料以防止緊急迫降時油箱起火燃燒呢？如果油量此時已不足以支撐飛機飛返松山機場呢？如果迫降當中機艙受創呢？而天啊！為什麼一只引擎會冒煙彷然著火呢？

不可使知之。

乘客在抱怨中依然看報紙哄小孩上廁所。我突然間明白了孔子的智慧。

然而，飛機飛得好低好低。很快，我看見了那條骯髒地反映著天光的淡水河。空姐的聲音在此時響起了，我敏感地察覺（或幻覺）她在發抖：「請繫好安全帶，手扶座位扶手，不要離開座位。」我閉上眼睛心想：好了，絕死存亡的關鍵時刻到了……。我看見了大同公司，濱江公園，圓山飯店，高速公路……據說人死前他的一生會在視網膜上迅速重演過一遍，天啊！我究竟看見了什麼？

或許這一切都太快了，我只聽見砰然一聲，屁股震了一下，飛機便已在跑道上平穩地滑行。空姐的聲音又響起了，此時聽來卻又彷彿是帶著幾分雀躍了，我可以確定，她高興得連閩南語的「安全帶」都忘了如何講，連吃了好幾次螺絲。

下了飛機，空爺空姐在門口行禮如儀，我卻想一把抓住他們追問：方才我們可是在鬼門關前繞了一圈回來？但他們果真笑容可掬，真真可愛的一對金童玉女，所以我也就忘了查看那具冒煙的引擎此時是否已燒成一團廢鐵。

在櫃台上辦完退票，自覺驚魂甫定，看見同機上那位老太婆乘客拎著行李，一臉茫然地向櫃台服務員說：「怎麼辦，我回不了家，住台北的兒子也走了，住花蓮的兒子又接不到我的人……。」

我拎著行李，皮鞋踩在機場大廳光亮的石質地板上，重新感覺到地心引力的可愛。同機的乘客紛紛湧往最近的電話亭，或打聽或聯絡或抱怨。我走出機場大門，一陣茫然，為這突如其來的時空錯置——此時我本來應該身在花蓮家中的啊！低頭看了一腕錶，這趟二十分鐘的旅程足足飛了兩個鐘頭。

至於方才視為首要問題的祈禱的對象問題，此時也覺得應該暫時緩一緩，不必如此急切於尋求解答。畢竟，方才是在雲端之上，難免胡思亂想，還幻想自己看見了一具引擎冒煙……。

欲舉手招呼計程車之際，素來耳尖的我又聽見機場大廳傳來催促旅客上機的廣播：「欲搭乘往花蓮的××航空公司第××次班機的旅客，請在二號門登機……。」我聳然一驚，往花蓮的班機？花蓮機場不正下著傾盆大雨嗎？此時為什麼又有飛機飛往花蓮？

我奔向最近的電話亭決心向花蓮的家人求證此時是否花蓮真的正下著大雨，舉起話筒的一個念頭一閃而逝：觀世音菩薩的救苦救難是聞聲的，而且總是雲端出現，於飛機上祈禱，應該最適宜吧？

音樂與老人

行路間遇到一社區公園露天音樂會，便欣然入座聆賞。雖然只是某大學音樂社團的公演，事先也無宣傳，但聽眾坐了近九成，算是氣氛熱烈。加上主持人口齒流暢，對演奏的曲目詳加解說，更使晚會進行當中不時爆出陣陣掌聲。

我坐在這九月晚風習習的露天音樂會場上，為這不期而遇突如其來的幸福深覺感動。只是這純粹寧靜欣賞的氛圍不久便被我座位後面的老人所打破。

因為他正低頭埋首努力吃著他手中的便當。那大約是街上攤販販售的伍拾圓一個的中午剩下的飯盒，想必不怎麼新鮮了，他卻吃得極津津有味，並不時拎起身旁用保特瓶裝的水，喉嚨裡咕嚕咕嚕一陣，唇齒嘖嘖作響。

我原先只是被他吃飯弄出的聲響所分神，繼而被他完全無視於這周遭音樂的宴饗埋頭大嚼的情景所觸動。此時正是「非洲狂歡節」的最高潮，無數繽紛亮麗的敲打著音符紛紛打在我久蟄的心上，在這一片籠罩下來的音符的急風勁雨中，我訝於身邊這位老人的漠然。「衣食足然後知禮義，」一旁同伴叫我不要被分心：「然後才懂得藝術欣賞……」

是這樣嗎？果真是這樣？整天忙於狩獵與大自然作戰的原始人不也忙於製作宏偉的洞穴壁畫？而音樂果真只是少數心靈的語言？為什麼他不能從中獲取感動？藝術之前果真是人人平等？

我對藝術的信念隱隱在動搖。對「人」的信心隱隱在動搖。

老人走了，提著他全部家當的那只塑膠皮箱，很整潔地把保麗龍飯盒連同剩菜一起裝進垃圾桶裡之後，走了。

我繼續陶醉在音樂中，那正是壓軸的「天空之城」主題曲，輕快悠揚的節奏，訴說著人類嚮往飛行，渴求回到天空鄉的古老夢想。這曲子原只是宮崎駿卡通電影中的配樂，看電影當時也無甚感覺，此時卻出奇的受到震動，我緊握同伴的手，為此時無由而來的幸福感熱淚盈眶，飛吧，我想起孩童時候每一個小小的夢，飛行，怕也只是宮崎駿小時候一個無甚緊要的夢罷，但他卻如此認真對待，此刻我的確能清楚感覺在一片無垠天空中如雀鳥般凌空掠飛那種童稚最清明的喜悅，在這片清朗悠揚的樂聲當中……。

而那老人的夢呢？

跋

我和許多朋友在路上

有個朋友是大學同學，畢業後在教學醫院工作，結了婚，生子。買了車，買房子，買一些股票。關心的是健康，環境污染，子女的教育。

有個朋友多年來積極於移民，終於成功，如今三十好幾了，拖著老婆孩子，仍是個大學新鮮人。

有個朋友突然放棄了高薪的工作和交往多年的女友，在宜蘭出家，每個月按時寄來他主編的佛學刊物。

有個朋友隻身在海外工作近十載，染上了愛滋病，立刻辭職回台灣無所事事晃了兩年，無聲地死去。

漸漸和許多朋友失去聯絡。是有意，也是生活上不得不然。只是回想當初覺得彼此如此親近，如今卻各自走在不同的路上，甚至是愈行愈遠，頗覺不可思議。

而我竟也走上這條孤單的創作道路，和昔日的朋友毅然分道揚鑣，多年後有的還能彼此看見，遙遠地吆喝一聲，相互道聲招呼，知道彼此還活得安好。有的卻是雖能看見，卻無論如何聽不見彼此的聲音。

有的就真的走遠了，只剩下淡淡一抹黑影子。死生契闊。極目四望，只覺生死陰陽兩隔。人生茫漠的中游。

有些人太快到達了他的終點。自此停滯、不前，滿足一切。

而我知道自己還在路上，享受了路旁豐饒的風景，但同時也承擔了行路的風險。

年過三十，生命的真相仍然半明半昧，心靈的歷程依然迂迴盤繞，生活的重心懸而未決，對於一個個漸行漸遠的朋友，我無言以對。活著的感覺不錯。

而我確實知道我仍然活著，大半還來自於我知道自己仍在路上。

我還在路上。我的許多朋友也在路上。

知道這個事實，也許就在下個路口與你相逢，也要因為急急趕路而只能擦肩而過罷！

國家圖書館出版品預行編目（CIP）資料

無醫村手記：重回靜浦 / 陳克華著. -- 初版. --
新北市：斑馬線出版社, 2021.11
面；公分

ISBN 978-986-06863-4-0（平裝）

863.55 110016502

陳克華全集 1

無醫村手記—重回靜浦

作　　者：陳克華
總 編 輯：施榮華

發 行 人：張仰賢
社　　長：許　赫
出 版 者：斑馬線文庫有限公司
法律顧問：林仟雯律師

斑馬線文庫
通訊地址：234 新北市永和區民光街 20 巷 7 號 1 樓
連絡電話：0922542983
本書獲花蓮縣文化局藝文出版補助

製版印刷：龍虎電腦排版股份有限公司
出版日期：2021 年 11 月
ISBN：978-986-06863-4-0
定　　價：300 元

本書封面採 FSC 認證用紙　本書印刷採環保油墨